NISHIMURA Kyôtarô

Les grands détectives n'ont pas froid aux yeux

Roman policier traduit du japonais
par Jean-Christian Bouvier

Éditions
Philippe Picquier

Mas de Vert
13200 Arles

Illustration de couverture : Droits réservés

Conception graphique : Picquier & Protière

ISBN : 978-2-87730-326-2
ISSN : 1251-6007

PRÉFACE

Pendant plus d'un demi-siècle (1920-1980), les auteurs japonais de romans policiers se sont nourris de la lecture, en traduction, des maîtres occidentaux du genre, sans jamais imaginer qu'un jour ils seraient eux-mêmes, à leur tour, traduits et appréciés en dehors de l'étroit archipel nippon.

C'est ce qui fait le charme de ces *Grands Détectives*, écrits en 1971, où nous découvrons avec surprise que nos héros si familiers – Maigret, Poirot, Ellery Queen – n'ont pas de secrets pour leur rival et ami Kogoro Akechi. La lecture de cette aventure rocambolesque à souhait nous fait prendre conscience de la part cachée de notre méconnaissance traditionnelle de ce pays : nous ignorons à quel point les Japonais nous connaissent bien… au moins par les livres ! Non seulement l'auteur possède ses classiques sur le bout des doigts, mais il en joue avec humour : nos héros vieillis, au rancart dans leurs pays respectifs, sont un peu fatigués… Ce goût de la dérision est également une bonne surprise : avez-vous déjà lu un roman japonais drôle chez Gallimard ou aux Presses orientalistes de France ?

Sans bouder, donc, notre plaisir, reconnaissons aussi qu'il est un peu trouble et très kitsch : rarement une traduction, pourtant fidèle, aura autant changé le sens de l'œuvre originale. Parodie au premier degré en japonais, en forme d'hommage affectueux et d'émancipation, par un auteur qui affirme son talent et son métier, le livre est reçu, ici, au second degré, comme un jeu subtil de regards croisés Orient/Occident, exotisme pas mort, un peu retors même. « Machine littéraire étonnamment bien huilée », écrira à son propos le critique du *Magazine littéraire,* évoquant « les exercices de style pur et simple, au sens de Raymond Queneau » et « les procédés utilisés par Jacques Roubaud dans *La Belle Hortense* »… L'auteur, je puis en témoigner, en resta flatté, mais pantois…

Nishimura Kyôtarô jouit en effet, au Japon, d'une tout autre forme de reconnaissance littéraire : il occupe chaque année, depuis des années, la seconde place sur la liste officielle des dix écrivains-contribuables les plus imposés (300 millions de yen, soit un milliard trois cents millions de centimes à verser au fisc chaque année). Comment l'auteur des *Grands Détectives* qui écrit à la main avec un stylo Mont Blanc, en est-il arrivé là ?

Né à Tôkyô en 1930, il commence à écrire assez tard, à l'approche de la trentaine, lassé de onze années de routine dans une administration de l'après-guerre. Après quelques essais tous azimuts dans des genres variés (il veut « vivre de sa plume »), il reçoit en 1965 le prix Edogawa Ranpo qui lui met le pied à l'étrier auprès des éditeurs de romans policiers. Dans la lignée de son aîné Seichô Matsumoto, il participe au roman policier à (légère) « portée sociale » *(shakaihasuruishosetsu)* mettant en scène des marginaux ou des exclus de la société japonaise[1].

Suit une longue période où il semble se faire plaisir avec les *Grands Détectives* (quatre volumes), cherche de nouveaux thèmes (la mer, les bateaux, l'aventure), invente le personnage d'un détective privé plutôt anticonformiste (cinq volumes) et se contente d'être un auteur à succès, publiant une dizaine de nouvelles et quatre ou cinq romans par an.

C'est à la fin des années soixante-dix qu'il devient un véritable auteur de romans de gare, au propre et au figuré, avec l'inépuisable série des *Travel Mystety* qui promène son commissaire Totsugawa sur toutes les lignes des chemins de fer nippons... Le succès est immense et se prête admirablement au goût des Japonais pour la variation dans la répétition : une région, un meurtre, une ligne de chemin de fer... L'alibi du criminel est en général cassé par l'examen minutieux des horaires des trains et le tout donne une série télévisée très populaire qui alimente en permanence la vente des livres à un rythme de « fast-food » (un volume par mois[2], tirage de 200 à 300 000 exemplaires, deux mètres quatre-vingts de rayonnage dans la librairie de mon quartier). Le plus étonnant dans ce système de commercialisation effrénée est qu'il arrive encore parfois à tirer son épingle du jeu[3].

1. Cf. *Petits Crimes japonais*, Rivages, 1995, un excellent recueil de nouvelles datant de cette période.

2. Un voyage de cinq jours en France, première sortie du Japon, en 1989 à l'occasion du Festival du polar de Grenoble, donnera deux romans « meurtres dans le TGV » six mois plus tard !

3. Cf. *Les Dunes de Tottori*, collection Seuil Policiers (titre original : *Le train du mystère a disparu*).

Nishimura Kyôtarô écrit la nuit, dans un ancien *ryokan,* à l'abri d'une colline de Kyôto. Une façade discrète comme il se doit, s'ouvrant sur un rez-de-chaussée à l'occidentale, un étage à la japonaise et un jardin traditionnel dont il partage les carpes avec sa consœur, amie et voisine Yamamura Misa [1]. Prisonnier volontaire de son succès, il continue à écrire parce qu'il ne sait rien faire d'autre, traitant royalement ses hôtes auprès des jeunes geishas de Kyôto et offrant pour lui-même le charme rare d'un homme tranquille qui sait vivre *en dessous* de ses moyens.

JEAN-CHRISTIAN BOUVIER

---

1. Cf. *La Ronde noire*, éditions Picquier.

LES GRANDS DÉTECTIVES

1

Se haussant légèrement sur la pointe des pieds, Mishima chercha Ellery Queen parmi les voyageurs qui passaient la douane. Il ne connaissait pas le visage du célèbre Américain, mais ayant lu ses nombreuses aventures, il s'en était fait une idée bien précise. En se fiant à cette image, pensait-il, il n'aurait pas de difficulté à le trouver ; il avait donc accepté de venir le chercher à Narita.

L'étroite sortie de la douane filtrait les voyageurs un par un. Dans la file réservée aux étrangers, toutes les langues se mêlaient. « Mais il gèle ! », dit une blonde en minijupe, toute bronzée, qui devait être une Américaine arrivant de Hawaii. Elle rentra les épaules sous le froid de la fin d'octobre. Aujourd'hui justement, la première neige de l'année était tombée, couvrant Tôkyô d'une mince pellicule blanche.

Les uns après les autres, les voyageurs arrivés par le vol Pan American de quatorze heures vingt avaient hélé des taxis et disparu en direction de Tôkyô, sans que Mishima ait pu trouver un visage correspondant à celui qu'il attendait. Il sortit un carnet et vérifia sur son agenda : non, il ne s'était pas trompé d'avion… Et s'il était venu à Ellery Queen l'idée farfelue de se déguiser ? Il était difficile d'imaginer que ce dernier se soit livré à une farce pareille pour son arrivée... D'ailleurs, lors de son aventure du *Mystère de l'éventail,* il avait dû apprendre à connaître le tempérament sérieux des Japonais.

Que lui était-il donc arrivé ?

A force de réfléchir, Mishima découvrit soudain l'erreur grossière qu'il était en train de commettre. L'Ellery Queen qu'il connaissait par les livres avait toujours belle allure et semblait éternellement jeune.

Pourtant, en toute logique, Ellery Queen, né en 1905, devait avoir maintenant soixante-cinq ans et faire partie du « troisième âge ».

Ayant rectifié son erreur, il chercha, affolé, tout autour de lui, et aperçut au bureau d'information, près de la sortie de l'aéroport, un vieil homme de haute stature plongé dans un guide du Japon, édition anglaise. Manteau gris Oxford, chapeau feutre Hambourg, et une canne glissée sous le bras. C'était un bel homme, de plus d'un mètre quatre-vingts. Sans les mèches argentées dépassant du chapeau, on aurait dit un corps de jeune sportif. De plus, au bout du long nez, était accroché un pince-nez. Autrefois, un tel accessoire avait dû détonner sur cette silhouette d'athlète complet. « C'est lui ! » se dit-il ; s'approchant, il risqua un « Pardon, monsieur... ». Sa voix tremblait un peu sous le coup de l'émotion.

— Ne seriez-vous pas monsieur Ellery Queen ?

Le visage ovale dont les yeux pétillaient de jeunesse se tourna vers Mishima.

— C'est moi, répondit doucement Queen en inclinant la tête.

— Mon patron m'a chargé de venir vous chercher.

Mishima aurait aimé serrer la main du célèbre détective, mais craignant que cela puisse passer pour un geste trop familier, il se contenta de s'incliner profondément à la japonaise.

— Votre patron est bien ce M. Sato qui m'a envoyé cette lettre si séduisante ? demanda Queen sur un ton légèrement protecteur.

— Oui, M. Daizo Sato. Je suis son secrétaire, mais à partir de maintenant, veuillez considérer que je suis à votre service. Je m'appelle Mishima.

Mishima conduisit Queen jusqu'à la voiture et démarra dès qu'ils furent installés. Très à l'aise, Ellery Queen se retourna vers la banquette arrière pour prendre une cigarette dans son sac et l'alluma.

— Dans la lettre que j'ai reçue à New York, M. Sato me laisse entendre qu'il m'a préparé une affaire formidable. (Queen regarda Mishima avec un sourire.) Je me souviens exactement des termes de sa lettre : « J'ai besoin de votre compétence pour résoudre une affaire extrêmement compliquée et absolument sensationnelle. » Les mots étaient adroitement choisis pour titiller mon amour-propre… Alors, qu'est-ce que c'est que cette affaire ?

— Pardonnez-moi, mais je n'en sais rien. M. Sato compte en parler demain quand tout le monde sera réuni.

C'était vrai : Mishima n'avait été engagé que quelques jours auparavant. Une semaine plus tôt, il avait lu une étrange petite annonce dans le journal :

Cherche jeune homme aimant les romans policiers et possédant une parfaite connaissance de l'anglais et du français. Contrat d'un an. Salaire mensuel trois cent mille yens garanti pendant douze mois même en cas de résiliation du contrat. S'adresser : Daizo Sato, Shinjuku Mansion 605, Tôkyô.

Mishima était sûr de sa connaissance des langues étrangères : il s'était donc précipité à l'adresse indiquée. Il y avait déjà une vingtaine de candidats, attirés sans doute par le salaire de trois cent mille yens, mais finalement Mishima avait été retenu. C'est ainsi qu'il était entré en relation avec ce mystérieux personnage.

Daizo Sato était un petit homme d'une cinquantaine d'années qui compensait sa constitution fragile par un regard perçant ; il y avait en lui quelque chose d'impénétrable et d'étrange. Au moment de l'engagement de Mishima, il lui avait remis sur-le-champ trois cent mille yens en liquide pour son premier salaire, et, pour sa première tâche, l'avait chargé d'accueillir les grands détectives qui devaient arriver incessamment de plusieurs pays étrangers. Il ne lui avait pas dit la raison pour laquelle il les faisait venir au Japon.

— Qu'est-ce que vous voulez dire par « tout le monde » ? Est-ce que l'on a invité quelqu'un en dehors de moi ? demanda Queen.

— Oui, M. Maigret, du quai des Orfèvres, qui vient de prendre sa retraite et mister Hercule Poirot, qui arrive d'Angleterre.

— Quoi ! Poirot ! Maigret ! s'écria Queen.

Il réfléchit un instant, puis retira son pince-nez pour se tapoter légèrement le menton avec.

— Admirable ! Tout à fait admirable !…

— Et nous attendons aussi M. Kogoro Akechi, le célèbre détective japonais qui doit se joindre à nous.

— Ah ! M. Akechi aussi ! dit Queen en levant les yeux au ciel. C'est un grand maître dans l'art de se rendre invisible…

— Se rendre invisible ? s'étonna Mishima.

— Mais certainement, répliqua Queen avec un sourire. Votre Kogoro Akechi est un virtuose de l'art du *ninja.* (Ellery semblait avoir une grande confiance en ses connaissances des traditions japonaises.) Vous n'avez pas l'air de connaître grand-chose au roman policier de votre propre pays, ajouta-t-il.

Mishima se sentit devenir écarlate.

— C'est que les romans étrangers sont bien plus intéressants. Je ne lis pratiquement qu'eux.

— Qu'est-ce que vous lisez en ce moment ?

— En ce moment ? *Un regard d'adieu* de Ross MacDonald.

Il avait failli avouer un titre d'Ellery Queen, mais s'était ravisé pour ne pas donner l'impression d'une flatterie de pure forme.

— Monsieur Queen, que pensez-vous des Séries noires ?

Ellery haussa les épaules.

— Honnêtement, je n'aime pas beaucoup ça. Les détectives y jouent un peu trop de leur, comment dire ?... « sex-appeal ». A mon avis, un vrai détective n'est pas un monsieur Muscle : il doit placer sa fierté plutôt dans les capacités de sa matière grise que dans le charme de ses pectoraux.

On sentait que Queen menait sa carrière de détective comme il l'entendait, sans complexes vis-à-vis de ses confrères du roman noir américain.

La voiture était arrivée devant l'hôtel.

— Je viendrai vous chercher demain.

— Dans l'après-midi si c'est possible, car j'ai horreur de me lever tôt le matin, dit Queen tout en confiant ses bagages au groom de l'hôtel.

— Je suis au courant, dit Mishima avec un petit sourire de connaisseur. Je viendrai vous chercher à deux heures.

2

Tout en terminant lentement le petit déjeuner occidental qu'on avait servi dans la chambre, Maigret feuilletait à nouveau l'exemplaire du *Sifflet* qu'il avait acheté à Roissy au moment de l'embarquement.

Le journal, célèbre pour ses potins, ses ragots et son sensationnalisme, présentait, sur un ton étrangement paisible, le départ en retraite de Maigret sous la forme d'un numéro spécial. *Nous regretterons le commissaire Maigret,* disait le titre et le reste de l'article était très chaleureux.

Personne ne prête plus à malentendus que le personnage de Maigret. Je connais un inspecteur qui a travaillé sous ses ordres et qui le considère comme un patron difficile à supporter. Moi-même, dans ces colonnes, je n'ai pas ménagé autrefois mes critiques (« ce gros plein de soupe qui ressemble à un fort des Halles a l'impudence de se prendre pour le nombril de la police judiciaire »), mais je dois avouer à ma grande honte que je m'étais trompé et il est temps que je fasse ici, à cette occasion, amende honorable. J'ai longtemps pensé que son caractère soupe au lait et sa lenteur pantouflarde portaient atteinte à l'image de notre police judiciaire. C'est mon jugement qui était superficiel. Sa rudesse apparente est d'abord dirigée contre lui-même et dissimule une profonde gentillesse. C'est par pudeur qu'il cache les élans de son cœur, et la rare finesse de son caractère. L'on pourrait quasiment parler d'une disposition poétique de son tempérament, ou bien encore, sa pudeur pourrait se comparer à la modestie traditionnelle des samouraïs japonais. Avec le départ en retraite de

Maigret, nous perdons le meilleur et le plus humain de nos policiers. Maintenant le commissaire…

Maigret reposa le journal sur la table et porta à la bouche sa pipe préférée. Tout en éprouvant un chatouillement ambigu sous l'éloge flatteur, il ne pouvait s'empêcher de reconnaître qu'il y avait du vrai dans cet article du *Sifflet.* Maigret, commissaire de la Police judiciaire, tout en jouissant de la célèbre renommée que l'on sait, s'était souvent demandé s'il était vraiment à sa place dans son rôle de policier. Combien de fois, en effet, ne s'était-il pas, lui, le représentant de la loi, senti coupable d'exercer ce métier de chasseur d'hommes. D'ailleurs, il n'avait jamais réussi à détester les coupables. Pas même les assassins. Comme cet étudiant en médecine, Jean Radek, qui avait assassiné trois personnes. Après l'avoir arrêté et envoyé à la guillotine, Maigret n'avait rien éprouvé qui ressemblât à un sentiment de victoire. Au contraire, de n'avoir rien pu faire pour sauver un homme encore jeune (bien sûr, il n'y était pour rien) l'avait plongé dans un état de rage et d'abattement extrêmes. Il détestait également ces états d'âme.

Mais, malgré tout cela, il lui était difficile, arrivé à l'âge de la retraite, d'imaginer pour lui-même une autre occupation que son métier de flic, avec sa mauvaise conscience et son incapacité à haïr les coupables. C'est que, par-dessus tout, il aimait se coltiner à une affaire bien coriace. Et, sur ce point, la retraite ne le changerait pas. S'il se trouvait maintenant au Japon c'est que l'étrange lettre reçue du lointain archipel avait réussi à toucher en lui la corde sensible.

Son éternelle pipe à la bouche, Maigret se leva et se dirigea sans hâte vers la chambre.

Mme Maigret avait poussé les valises sur le côté et était en train de se refaire une beauté. Maigret posa un chaste baiser sur le front de son épouse, qui s'était retournée à son approche.

— Tu ferais peut-être mieux d'y aller maintenant dit-il. Ton train est à une heure quarante, n'est-ce pas ? Tu te débrouilleras bien toute seule ?

— Ne t'inquiète pas. Il y a certainement beaucoup de touristes français à Kyôto ; si j'ai un problème, j'en trouverai bien un pour me dépanner.

— Et à quoi le reconnaîtras-tu, ton touriste français ?

— Je chercherai quelqu'un avec le même genre de figure que moi, répondit-elle en riant.

Sans rien dire Maigret s'assit à califourchon sur la chaise qui était à côté de lui, et commença à bourrer sa pipe. C'était vrai : le visage de sa femme était bien celui d'une vraie Parisienne. Quant à lui, il se trouvait également l'allure tout à fait française, mais sa femme n'était pas entièrement d'accord : il était un petit peu trop taciturne et bourru. Cela tenait peut-être, disait-elle, à son métissage belge.

Au début, elle s'était opposée à ce voyage au Japon. Après la retraite, elle n'avait pas d'autre idéal que de mener une petite vie tranquille et douce, dans l'est de la France, où Maigret était né et où elle possédait encore sa maison de famille. La récente mode du Japon à Paris l'avait finalement amenée à accéder au désir de Maigret. Après une « soirée japonaise », elle s'était prise de passion pour l'*ikebana*, l'art traditionnel du bouquet, qui correspondait à son goût pour les ouvrages minutieux. Et elle avait déclaré subitement qu'elle acceptait le voyage.

— Si, dans les échoppes de Kyôto, tu trouves un bon briquet à amadou, achète-le-moi, demanda Maigret.

Les allumettes d'aujourd'hui s'allument mal et ne valent rien pour la pipe.

Le téléphone sonna. La réception l'informa que la voiture qui devait venir le chercher était arrivée.

— Finalement, c'est moi qui vais sortir le premier, dit Maigret à sa femme.

3

Hercule Poirot monta dans la voiture qui l'attendait sur le perron de l'hôtel.

— M. Maigret et Mr Queen sont déjà partis devant nous, dans une autre voiture, dit le jeune Japonais qui était venu le chercher.

Poirot cala en silence sa petite personne au fond du siège arrière et jeta un regard aigu sur le jeune homme. Faire l'analyse psychologique des êtres humains dès la première rencontre en jetant sur eux un regard perçant était une vieille habitude du détective. Il l'avait contractée lors de ses débuts de détective privé en Angleterre (à moins qu'elle ne remonte à l'époque où il était policier en Belgique ?).

Ce jeune Japonais doit avoir vingt-cinq ou vingt-six ans ; mais, comme les Asiatiques font moins que leur âge, mettons qu'il doit approcher de la trentaine. Il m'a dit s'appeler Mishima. S'il fait cette tête-là, c'est certainement parce que le respect dû au grand Hercule Poirot s'accorde mal, au fond de lui-même, avec la vue de mon crâne en coquille d'œuf…

La plupart des gens qui rencontraient Hercule Poirot faisaient, en effet, cette tête-là. Certaines jeunes femmes riaient sans se gêner, et il se trouvait même des criminels pour en faire autant (ces derniers ne perdaient rien pour attendre, et ils avaient vite l'occasion d'apprécier à sa juste valeur le génie déducteur du cerveau d'Hercule Poirot !).

— Merci beaucoup d'être venu tout exprès de la lointaine Angleterre, dit poliment Mishima.

Depuis qu'il avait rencontré les trois célèbres détectives, ce petit vieillard qui s'appelait Hercule Poirot lui semblait le plus difficile à cerner. Rien que dans leur allure, Ellery Queen et Maigret avaient déjà quelque chose de séduisant. Ce Poirot, par contre, c'était une autre affaire ! Il était plutôt ridicule avec son crâne en forme d'œuf et ses moustaches immodestement dressées de chaque côté. En outre, le fond de ses yeux n'était pas bleu, mais tirait sur un vert opaque assez lugubre. Bref, il était finalement peu ragoûtant. Cet homme, qui avait par ailleurs la réputation d'être un galant homme, n'avait à peu près rien de ce qui plaît aux femmes d'aujourd'hui.

— Ne vous inquiétez pas pour moi, dit Poirot en clignant des yeux et en se mettant à observer le paysage dehors. (L'anglais de Poirot était encore plus mauvais que celui de Mishima.) J'aime les voyages et pour une lettre aussi excitante que celle que j'ai reçue, je vais jusqu'au bout du monde s'il le faut ! Hercule Poirot est toujours là où il y a une affaire compliquée à régler !

— Vous aimez donc tant que ça résoudre les énigmes criminelles ?

— Je dirais plutôt que j'en ai besoin. Vous pouvez comprendre ça, vous ?

— Est-ce quelque chose comme une passion maniaque ?

— Ma foi… ma foi… répondit Poirot en hochant la tête. C'est quelque chose d'encore plus fort que ça. Est-ce que vous êtes un petit peu au courant de ce que j'ai accompli dans ma vie ?

— Euh… pas très bien ; je sais que vous n'êtes pas anglais, mais belge.

— Oui, c'est vrai, je suis belge. J'ai connu une enfance misérable en Belgique…

Poirot s'arrêta quelques instants au milieu de sa phrase. Pourquoi se mettait-il à raconter sa vie à ce jeune Japonais qu'il voyait pour la première fois ? Ce n'était pas habituel chez lui. Devenait-il brusquement sentimental au contact des îles japonaises ou bien ce retour nostalgique aux sources était-il un effet de l'âge ? Autant les cellules de matière grise de son cerveau déployaient une activité intense pour résoudre une affaire, autant, dès qu'il s'agissait d'auto-analyse, elles se mettaient à fonctionner au ralenti.

— Je suis entré dans la police belge, mais au début de la Première Guerre mondiale, je suis passé en Angleterre avec le flot des malheureux réfugiés. Nous étions dans un état pitoyable, et il s'en est fallu de peu que je ne reste un réfugié sans abri. Peut-être même qu'arrivé au bout du rouleau, j'aurais commis quelque crime. Mais heureusement, à cette époque, j'ai été impliqué dans une affaire où j'ai été contraint, par les circonstances, de jouer le rôle du détective : la maîtresse de maison qui m'avait accueilli ayant été assassinée…

— C'est *La Mystérieuse Affaire de Styles.*

— Oui. Ce fut une « cause célèbre ».

Poirot ferma les yeux.

— Je résolus admirablement cette affaire et ce fut à cet instant que commença ma deuxième vie. Je pris conscience que je n'étais pas encore un homme fini. Depuis, prendre une énigme à bras-le-corps et la résoudre est devenu toute ma vie. Vous comprenez pourquoi je dis que c'est plus fort qu'une passion maniaque ?

— Je crois comprendre à peu près, mais comme je n'ai jamais été impliqué dans un crime et qu'il ne m'est jamais venu à l'esprit de jouer les détectives, je ne suis pas sûr de comprendre vraiment.

— Tu as bien de la chance, jeune homme.

Le ton de Poirot sembla ironique à Mishima. Il se gratta le nez.

— Au contraire, je vous envie, monsieur Poirot. On ne doit pas avoir le temps de s'ennuyer en passant sa vie au cœur d'énigmes criminelles. Et en devenant, de succès en succès, un héros de…

— Mais non, Hercule Poirot connaît parfois aussi l'échec.

— Vous voulez parler de l'affaire du *Drame en trois actes ?* Comme vous aviez, je crois, commis une erreur au cours de l'enquête, à la fin le vrai coupable n'est pas démasqué.

— Non, non ; je pense à un échec, à l'époque où j'étais dans la police belge.

— Si loin que ça !

Que n'avait-il pas dit là ! Mishima rentra les épaules tandis que Poirot se penchait vers lui par-derrière.

— Ecoutez, mon petit monsieur, chez moi, le temps n'efface pas une blessure d'orgueil, fût-elle minuscule.

— Mais quelle blessure ?

— Oh ! une erreur insignifiante. Je n'ai pas envie d'en dire plus.

Et il se tut. Mishima, de son côté, jugeant que Poirot avait décidément le caractère impossible des vieillards irascibles, choisit lui aussi le silence.

La voiture s'arrêta bientôt devant l'immeuble où habitait Sato. Au moment de pénétrer dans l'ascenseur, Poirot avait retrouvé sa bonne humeur : à l'idée que quelque affaire était là, à l'attendre, son cœur se mettait à battre d'émotion.

Situé au cinquième étage, l'appartement de Sato était très grand car on avait abattu les cloisons des chambres pour la décoration intérieure. Ellery Queen et Maigret étaient assis dans le vaste séjour de style occidental et déjà en grande conversation. Quand Poirot entra, ils se levèrent tous les deux pour le saluer.

— Ah, voilà enfin notre grand aîné, monsieur Poirot, dit Ellery Queen en souriant. Votre renommée est éclatante en Amérique. Savez-vous que même le très sévère critique et érudit Heycraft vous porte aux nues et vous classe parmi les « très grands » ?

— Je suis très honoré, monsieur Queen, remercia Poirot, mais il y avait dans son ton un timbre sec qui montrait qu'il n'aimait pas l'Amérique. Au contraire, quand il regarda Maigret, le regard de Poirot se remplit d'une sympathie qui venait du cœur. C'était pourtant la première fois qu'ils se rencontraient et, malgré leur différence d'âge (Maigret était le plus jeune des trois), Poirot avait senti tout de suite qu'il y avait là un tempérament semblable au sien.

— La Belgique a perdu beaucoup, en vous perdant au profit de l'Angleterre, dit Maigret en un anglais laborieux.

Poirot esquissa un sourire.

— La Belgique vous a aussi perdu, monsieur Maigret. La perte a probablement été encore plus grande.

Dans la bouche de Poirot, ce n'était pas un mince compliment. Ellery Queen émit un sifflement d'admiration.

— Mon Dieu ! C'est vrai : vous êtes tous les deux nés en Belgique ! s'exclama-t-il.

— C'est le hasard, répondit en riant Maigret tandis que Poirot s'était renfrogné. Décidément, il ne pouvait pas se faire aux Américains : des sauvages qui sifflent à tort et à travers pour un oui ou pour un non ! Il connaissait bien les aventures d'Ellery Queen, et s'il était capable de rendre hommage à la clarté de son esprit, il lui était impossible de supporter les autres aspects du personnage. Notamment son goût prononcé pour le bluff. Rien ne lui était plus désagréable que ses « défis au lecteur » en cours d'enquête et son style tape-à-l'œil. Il détestait particulièrement sa série européenne dans laquelle s'étalait sans vergogne le bluff américain ; il était scandalisé parce que *Le Mystère du théâtre romain* n'avait aucun lien avec la Cité éternelle et parce que *Le Mystère de la poudre française* n'avait rien de français non plus. Par-dessus tout, que signifiait, dans cette série, l'absence de la grande Angleterre ? Oublier l'Empire britannique de la reine Victoria et de Sherlock Holmes !

Hercule Poirot, ayant rapidement passé en revue dans sa tête tous les défauts d'Ellery Queen, se tourna vers le Japonais qui les avait invités.

Le vieux Daizo Sato correspondait tout à fait à l'idée que se faisait Poirot du Japonais typique : de petite taille et de constitution fragile, avec un regard perçant entre des yeux étroits ; il donnait l'impression d'un homme d'une finesse redoutable.

— Alors, monsieur Sato, dit Poirot en tortillant ses belles moustaches, vous allez nous parler de cette magnifique affaire qui nous attend ?

— Je ne sais pas comment m'excuser, mais pouvez-vous attendre encore un petit peu, monsieur Poirot ?

Sato s'exprimait lentement, mais dans un anglais impeccable.

— C'est que j'ai aussi convié un détective japonais, M. Kogoro Akechi.

Au même moment, comme s'il en avait donné le signal, la sonnerie retentit à la porte d'entrée. Sato, se tournant vers ses trois invités, laissa paraître un sourire.

— Il semble que M. Akechi soit arrivé.

4

Mishima alla ouvrir la porte. Sur le seuil se tenait un homme âgé assez grand. Son visage régulier et expressif était clairsemé de nombreuses petites taches de vieillesse et creusé de minces rides. Rencontré par hasard dans la rue, on eût dit simplement un beau vieillard distingué, mais en pensant qu'il s'agissait de Kogoro Akechi, les rides et les petites taches apparaissaient comme les marques de sa grande intelligence. Avec ses cheveux argentés en broussaille et son costume noir impeccablement coupé, il correspondait tout à fait à l'image que s'en était fait Mishima : le célèbre détective japonais était un véritable dandy.

— Je suis Kogoro Akechi, dit l'homme avec un sourire.

Face à la transparence de ce sourire, Mishima pensa que, s'il était un criminel, il perdrait sans doute tous ses moyens. Il le conduisit en silence jusqu'au salon, où Daizo Sato fit les présentations.

— Je suis très honoré d'avoir l'occasion de vous rencontrer.

Akechi s'était exprimé en un excellent anglais ; il s'installa dans un fauteuil et croisa ses longues jambes.

— Excusez-moi, mais quel âge avez-vous maintenant, monsieur Akechi ? demanda Sato. Comme il s'agissait d'une question un peu personnelle qui ne regardait pas les trois autres, il s'était exprimé en japonais.

— Soixante-cinq ans, déjà ! Je suis devenu « vieux » avant même de m'en apercevoir, répondit Akechi avec un sourire amer.

Mishima s'était assis un peu à l'écart et l'observait de profil. Il avait donc exactement l'âge d'Ellery Queen. Tous les deux semblaient plus jeunes. Auquel des trois détectives étrangers Akechi ressemblait-il ? Il n'était ni aussi drôle ni aussi étrange que Poirot et moins sérieux que Maigret. Tout en étant assez ouvert, il n'avait toutefois pas la gaieté bien américaine d'Ellery Queen ; par rapport à ce dernier, il avait même l'air assez sévère. En forçant un petit peu, est-ce qu'il ne ressemblerait pas plutôt à Sherlock Holmes ? Des trois, c'était certainement lui le plus britannique !

— Déjà soixante-cinq ans, c'est incroyable ! dit Sato qui avait l'air sincèrement surpris. Vous savez, je suis un de vos admirateurs depuis *L'Affaire Kajin Gengi* [1] ; à l'époque, les journaux suivaient vos exploits jour par jour.

1. « Le Jeu du fantôme ».

— C'était en 1954, c'est bien loin tout ça.

Un léger voile passa sur le visage d'Akechi et son regard se perdit dans le lointain. Il poursuivit :

— Ce fut une affaire plus triste que passionnante. Aujourd'hui encore, de temps en temps, le beau visage de la coupable, Yumiko Odahara, me revient à l'esprit : il y avait quelque chose d'innocent en elle. C'est toujours triste une femme qui tue par amour.

— C'est d'ailleurs en suivant cette affaire dans les journaux que j'ai appris à me méfier des femmes, commenta Sato avec un rire un peu lourd. N'est-ce pas à cette époque que votre femme est entrée au sanatorium ?

Le visage d'Akechi s'assombrit.

— Oui, ma femme est morte peu après.

Les nombreuses images qu'il avait gardées de Fumio, son épouse, se mirent à défiler dans son cœur comme une lanterne magique.

Il l'avait rencontrée à l'époque de *L'Affaire Majutsushi* [1] et ils avaient travaillé ensemble sur *L'Affaire Kiyuketsuki* [2]. Une fois celle-ci réglée, ils s'étaient mariés. C'est pourquoi les souvenirs de Fumio se confondaient avec ceux des mauvais coups reçus et des malfrats rencontrés au cours de ces enquêtes. Bien sûr, c'étaient aussi des souvenirs de sa jeunesse. Avait-il été heureux ? Malheureux ? Lui-même aurait été incapable de le dire. Il y avait eu des moments où sa gloire de grand détective l'avait honoré, d'autres où elle l'avait rempli de honte. Fierté légitime ou réputation usurpée, Akechi avait le sentiment que, de toute façon, il n'aurait pas pu

1. « L'Affaire du magicien ».
2. « L'Affaire du vampire ».

mener sa vie autrement qu'il ne l'avait fait. Sur ce point, il avait une vision un peu fataliste des choses. D'ailleurs, ce penchant n'était-il pas un trait de caractère commun à tous les grands détectives ?

— Excusez-moi, fit Sato en clignant rapidement des yeux. Je me doutais bien qu'il s'était passé quelque chose. Après ce crime de Yumiko Odahara, vous n'êtes pratiquement plus intervenu pour résoudre d'autres affaires. J'avais deviné que cela devait correspondre à quelque blessure profonde. En vous faisant venir aujourd'hui, j'espère que je ne vous ai pas…

— Non, non, ne vous inquiétez pas ; à la mort de ma femme, je me suis senti, en effet, coupable d'avoir été tout le temps absorbé par mes enquêtes et je n'ai pas retrouvé l'énergie pour me lancer à bras-le-corps dans de nouvelles aventures. Mais après la cérémonie du septième anniversaire de sa mort, j'ai pensé qu'elle me pardonnerait de reprendre le collier. Et puis, à dire vrai, je n'avais pas non plus envie de laisser le privilège de l'activité à mes illustres collègues, comme M. Queen.

Ellery Queen, entendant son nom prononcé dans la bouche d'Akechi, sursauta. Akechi poursuivit en anglais :

— J'ai dit que j'étais jaloux de vous voir toujours si jeune et si actif.

— Pas tant que ça, répondit Queen en se tournant vers Akechi avec un haussement d'épaules. Récemment, j'ai réalisé que j'avais pris un sacré coup de vieux : on m'a ressorti une affaire que j'avais traitée, il y a trente ans, pour me démontrer qu'à l'époque je m'étais trompé… je crois que je vais me recycler dans les filatures d'adultère !

— Mais j'ai pris un grand intérêt à suivre votre enquête sur Jack l'Eventreur, répliqua Akechi. Je vous proposerai d'ailleurs une hypothèse personnelle : Jack l'Eventreur était peut-être une femme.

Queen trouva l'idée intéressante.

— Pourquoi ne vous mettriez-vous pas, vous aussi, sur la piste de l'Eventreur ?

Poirot qui était assis à côté de Mishima grommela.

— Ce n'est pas à un Américain de se mêler d'un crime qui se passe en Angleterre !

Comme il avait parlé assez fort, Mishima trembla un instant : heureusement Ellery Queen semblait ne pas avoir entendu.

Maigret se taisait et nettoyait sa pipe.

— Bien, fit Sato, je crois qu'il est temps de vous parler de l'affaire que je vais vous demander de résoudre.

UNE ÉTRANGE ENTRÉE EN MATIÈRE

1

— On dit que la réalité dépasse la fiction, c'est justement le cas de notre affaire…

Sato avait le verbe pompeux. Mishima était dans ses petits souliers : débiter de telles banalités devant quatre détectives d'une telle classe !… Comme on pouvait s'y attendre, Akechi, en effet, souriait, tandis que Maigret et Queen échangeaient un léger haussement d'épaules. Ces trois-là, au moins, se taisaient ; Hercule Poirot, lui, ne pouvant retenir un geste d'impatience, écarta les bras avec emphase.

— Nous voilà sous le charme de votre style, monsieur Sato ! Quel esprit brillant…

L'ironie était cruelle mais elle ne sembla pas – au grand regret de Mishima – atteindre Sato. Il gardait son sourire imperturbable et continuait à parler sans s'émouvoir.

— Le 10 décembre 1968 au matin, trois cents millions de yens, représentant les primes de fin d'année d'une importante société, furent dérobés en un tournemain, lors de leur transfert, par un jeune homme déguisé en policier. En dollars, cela représente une somme de deux millions de dollars.

— Deux millions de dollars !

Ellery Queen siffla. Poirot grogna à nouveau. (Pourquoi fallait-il que ces Américains sifflent sans arrêt à tort et à travers !)

Mishima, stupéfait, se mit à observer Daizo Sato. Est-ce qu'il avait l'intention de leur faire résoudre l'affaire des trois cents millions de yens ? D'un certain côté, cela pouvait être une idée excitante, mais ce célèbre vol était par trop opposé à tous les cas dont les célèbres détectives avaient eu à s'occuper jusqu'à présent. Il y avait vraiment peu de chances qu'ils acceptent de s'en charger. Pendant que Mishima s'inquiétait, Sato continuait, impavide, ses explications. Une telle affaire ne pouvait que les intéresser et ils devaient absolument s'y lancer.

— Monsieur Akechi, comme tous les Japonais, connaît bien l'affaire, je pense ; mais pour vous trois qui l'ignorez très certainement, je vais d'abord vous en donner un bref aperçu.

Sato sortit lentement un carnet et le posa sur la table. Mishima l'avait déjà remarqué auparavant : c'était un de ces ridicules carnets recouverts de cuir qui veulent ressembler à de vrais livres ; il semblait rempli de renseignements sur l'affaire des trois cents millions. Sato ajusta ses lunettes et commença. Pour Mishima, c'était comme un cours magistral déjà entendu, il préféra observer les quatre hommes pour saisir leurs réactions.

Ellery Queen, immergé dans les profondeurs du sofa, avait sorti sa pipe. Après l'avoir allumée, il remit soigneusement l'allumette consumée dans sa poche. Mishima, pensant qu'il n'avait pas de cendrier, esquissa un geste. Inutile : il y avait un cendrier en faïence juste devant l'Américain. (Queen aurait-il lui aussi ses petites manies ?) Mishima hocha la tête puis se souvint d'une aventure d'Ellery Queen intitulée *La Maison à mi-route.* Dans cette affaire, six allumettes consumées avaient permis de découvrir le coupable. Il avait certainement pris cette habitude à ce moment-là, à moins qu'au contraire, chaque fois qu'il voyait une allumette consumée, cet épisode ne lui revînt à l'esprit, lui ôtant l'envie de jeter l'allumette dans un cendrier. C'était une pipe en bruyère. Tout en en tirant de voluptueuses bouffées, Queen ponctuait le discours de Sato de petites exclamations : « Intéressant ! », « Naturellement ! ».

Hercule Poirot, au début, écoutait en caressant ses chères moustaches ; puis il prit une boîte d'allumettes qui se trouvait à portée de sa main, en renversa le contenu sur la table et commença à dessiner des silhouettes de poissons et d'animaux. Il y mettait tant d'ardeur qu'il donnait l'impression de ne pas écouter, mais, de temps en temps, il laissait échapper en français un « épatant ! » ou un « précisément ! » qui montrait qu'il écoutait attentivement.

Quand Sato avait commencé ses explications, Maigret avait lui aussi – sans doute par déformation professionnelle, après tant d'années passées dans la police judiciaire – sorti un carnet de sa poche et commencé à prendre des notes. C'était un petit carnet bon marché avec des feuillets de papier quadrillé et une couverture en toile cirée qui, au Japon, coûtait dans les cent yens tout au plus. Maigret y griffonnait d'une grosse écriture les points essentiels développés par Sato.

Kogoro Akechi écoutait Sato en fermant les yeux, tranquillement installé dans son fauteuil. L'expression de son visage ne changeait pour ainsi dire pas. Il en savait certainement autant que M. Sato sur les trois cents millions, puisque personne, plus que lui, ne s'était autant intéressé à cette affaire qui avait fait grand bruit. Il était très lié avec l'inspecteur principal de l'enquête et, par conséquent, avait été bien mieux informé que le grand public.

Mishima eut l'impression que les quatre hommes, tout en écoutant attentivement, n'accrochaient pas vraiment au discours de Sato. Akechi ouvrit les yeux et, voyant que Sato n'avait pas encore terminé, prit une cigarette. Avant de jeter son allumette dans le cendrier, il lança un coup d'œil vers Ellery Queen. Mishima ne put retenir un sourire devant l'humour pince-sans-rire du détective japonais.

Arrivé au bout de ses explications, Sato se mit à parler encore plus fort.

— Jusqu'à aujourd'hui la police a interrogé plus de dix mille suspects sans aucun résultat, ils ont même arrêté quelques innocents ! On ne peut pas se fier à la police japonaise. En tout, soixante mille policiers ont participé à l'enquête. Officiellement, on dit qu'elle a déjà coûté quarante millions de yens, mais selon d'autres sources, on aurait déjà dépensé sur cette affaire autant que les trois cents millions volés. Malgré tout cela, on n'a même pas trouvé un indice sérieux. L'habileté du stratagème employé et le fait que personne n'ait été blessé font que le coupable jouit d'une grande popularité parmi le public. Je crois, au contraire, qu'il faut arrêter le coupable avant qu'il ne réédite son coup ailleurs. Voilà pourquoi, messieurs, je vous ai réunis aujourd'hui.

Sato fit une pause et observa l'effet de son discours sur le visage des quatre hommes.

— Alors, qu'en pensez-vous ? Ne pouvez-vous pas, en unissant vos talents, réussir là où la police japonaise a échoué ? Bien sûr, je vous dédommagerai largement pour le temps passé sur cette affaire. En ce qui me concerne, même en cas de succès, je n'en attends aucun profit. Considérez que je me lance dans cette aventure par pur plaisir.

Sato fit un signe à Mishima et, sortant quatre chèques de sa poche, lui demanda de les remettre aux détectives. C'étaient des chèques de deux millions de yens.

— Permettez-moi de vous faire à chacun ce petit cadeau. Même si vous ne vous engagez pas sur l'affaire des trois cents millions, je vous prie de bien vouloir les accepter. Je ne voudrais pas que vous repartiez sans avoir visité les sites célèbres du Japon. Notre pays n'ayant plus pour vous de secrets, monsieur Akechi, vous pourrez visiter, bien sûr, le pays de votre choix. Est-ce que nous sommes bien d'accord comme cela ?

La première réaction aux paroles de Sato fut de stupeur. Les quatre hommes restaient silencieux comme s'ils s'étaient donné le mot. Puis Ellery Queen, avec un petit sourire forcé, se dévoua.

— Monsieur Sato, il semble qu'il y ait un malentendu entre nous. Il est vrai que nous avons chacun acquis une certaine célébrité en résolvant un grand nombre d'affaires difficiles. Dans certains cas nous avons travaillé en collaboration avec la police, dans d'autres nous avons préféré nous passer de ses services ; mais si vous étudiez avec soin toutes ces affaires dont nous nous sommes occupés, vous vous apercevrez qu'elles ont toutes respecté certaines règles du jeu, à savoir qu'elles se sont déroulées dans des espaces-temps bien délimités. Quel que soit le nombre de personnes impliquées, le coupable est toujours à l'intérieur de cet espace-temps. Telle est la règle. Je veux dire que quand nous sommes en face d'une situation comme celle que je viens d'évoquer, quel que soit le stratagème employé par le criminel, nous pouvons le démonter et envisager avec confiance la découverte du vrai coupable. Vous devez comprendre que nous ne sommes ni des magiciens ni des voyants. Comment voulez-vous que nous identifions un coupable dans une affaire où nous n'avons pas été impliqués, et où nous n'avons même pas la moindre idée du groupe à l'intérieur duquel enquêter ? C'est impossible. Le vol que vous nous avez présenté est tout à fait intéressant, mais il ne répond pas aux critères que je viens de définir. En exagérant un petit peu, c'est comme si vous nous demandiez de retrouver le coupable parmi les cent millions d'habitants du Japon ! Et ceci, aucun détective – même parmi les plus grands – ne peut y arriver. C'est le genre d'affaire qui relève uniquement d'une grande organisation comme la police. M. Maigret qui a longtemps travaillé dans la police parisienne sera, je crois, d'accord avec moi, n'est-ce pas ?

— Oui, vous avez entièrement raison, monsieur Queen, répondit calmement Maigret.

Il bourra lentement sa pipe et la cala entre ses dents.

— Monsieur Sato, il y a deux sortes d'affaires : celles qu'un homme perspicace peut résoudre seul avec son cerveau et celles qui requièrent la puissance d'une organisation. Il est évident que votre affaire, ce vol des trois cents millions, relève de la seconde catégorie. Il faut de nombreux inspecteurs, armés d'une longue patience, qui ratissent systématiquement le terrain et blanchissent un par un les suspects. Dans ces cas-là, c'est la seule méthode.

Sato se tourna vers Poirot.

— Et vous, monsieur Poirot, qu'en pensez-vous ?

Les réponses plutôt négatives de Maigret et de Queen, jugeant que l'affaire n'était pas pour eux, ne semblaient pas avoir particulièrement troublé Sato.

Poirot venait juste de terminer un château avec ses allumettes. Il sourit d'un air très satisfait de son chef-d'œuvre, puis se tourna vers Sato.

— Vous voulez connaître l'opinion d'Hercule Poirot, monsieur Sato ?

— Oui, est-ce que vous pensez aussi que c'est une affaire que seule la police peut régler ?

— Vous connaissez ma devise ? « Laissez faire Hercule Poirot, un point c'est tout. »

— Dois-je comprendre que vous prenez l'affaire en main ?

— A une condition : que la police japonaise accepte de suivre mes instructions. Avez-vous le pouvoir, monsieur Sato, de m'obtenir ça ?

Poirot regarda Sato d'un air ironique. On avait l'impression qu'il avait posé exprès une condition impossible que Sato ne pourrait pas remplir. Mishima se dit que, comparé à Queen et Maigret, Hercule Poirot était vraiment subtil. Sans doute prenait-il du plaisir à se moquer des gens ; c'est un trait de caractère que l'on trouve souvent chez ceux qui ont une entière confiance en eux-mêmes. Comment réagirait le vieux Sato ? Mishima ne put s'empêcher de jeter un coup d'œil en coin sur le visage rubicond de son patron.

Ce dernier passa sa main dans ses cheveux.

— Aïe ! Vous touchez là un point douloureux, dit-il avec emphase, mais son visage riait.

« Quel vieux renard ! » pensa Mishima.

— Je suis désolé, poursuivit Sato, mais c'est la seule chose qui me soit impossible. Par contre, monsieur Akechi est infiniment mieux placé que moi s'il s'agit d'avoir du crédit auprès de la police. Ne l'a-t-il pas aidée en maintes occasions ? Qu'en dites-vous, monsieur Akechi ? Ne voulez-vous pas user de votre influence et de vos relations pour combler les vœux de M. Poirot ?

Sato demandait en quelque sorte à Akechi de prendre le relais ; celui-ci sourit et plongea sa main droite dans ses cheveux en broussaille.

— Je suis très lié, en effet, avec le responsable de l'enquête et avec de nombreux autres inspecteurs, mais j'ai pour principe de ne pas me mêler d'une affaire tant que l'on ne fait pas appel à moi. Même à l'époque de *L'Affaire Kajin Gengi,* je ne m'y suis engagé qu'à la demande expresse de mon grand ami Edogawa Ranpo[1], l'auteur de romans policiers.

Un voile de tristesse passa sur son noble visage. La mort de son ami Edogawa avait laissé une blessure profonde dans le cœur du détective.

— C'est pourquoi, la police ne m'ayant rien demandé, je n'ai pas envie de faire le premier pas, même pour l'affaire des trois cents millions. De plus, je suis d'accord avec MM. Maigret et Queen : à ce stade de l'enquête, je ne vois pas d'autre méthode que de laisser faire la police.

Avec ses circonvolutions, la réponse d'Akechi équivalait à un refus. Finalement, les quatre détectives, chacun dans son style, venaient d'opposer un

1. Edogawa Ranpo (1894-1965) est l'auteur des romans policiers qui ont Kogoro Akechi pour héros. C'est un pseudonyme formé sur la japonisation du nom d'Edgar Allan Poe.

refus à la proposition de Sato. L'affaire des trois cents millions n'était pas inintéressante, mais n'était tout simplement pas dans leurs cordes.

Sato se caressa derrière l'oreille.

— Me voilà bien embêté, car il semble clair que vous rejetez en bloc ma proposition.

Paradoxalement, il n'avait pas l'air troublé outre mesure : il était très calme et souriait. Mishima se demanda si par hasard le vieux renard n'avait pas prévu le refus des quatre détectives, mais il ne comprenait vraiment pas ce que le mystérieux Sato avait derrière la tête.

— Et maintenant, laissez-moi corriger ma proposition, dit-il, toujours en souriant. Si j'adapte l'affaire des trois cents millions à votre style de travail, est-ce que vous m'apporterez votre collaboration ?

— Qu'est-ce que vous entendez par « adapter l'affaire à notre style » ? demanda Poirot en inclinant la tête et en tripotant ses moustaches.

— Tout à l'heure, M. Queen a parlé de « règle du jeu » ; pour résoudre une affaire, vous avez besoin d'un cadre déterminé. Je me propose de faire entrer l'affaire des trois cents millions dans le cadre de vos règles du jeu. Dès lors, plus rien ne vous empêchera d'exercer vos talents. Êtes-vous d'accord ?

Queen regarda Sato d'un air surpris.

— Et vous croyez la chose possible ?

Maigret, Akechi et Poirot semblaient également incrédules, mais le plus surpris était Mishima. Les quatre détectives venaient d'expliquer que le vol des trois cents millions n'était pas pour eux, et voilà que Sato allait leur amener l'affaire sur un plateau... Cela semblait incroyable. Sato, lui, était très satisfait de son petit effet.

— Ne faites pas ces têtes-là, je vous en prie. Je n'ai pas l'intention de vous faire un tour de passe-passe ; je voudrais seulement que nous changions un petit peu notre point de vue sur l'affaire. A vous dire la vérité, je me doutais bien que quatre détectives tels que vous ne s'engageraient pas si facilement, rien qu'en écoutant ma proposition. Mais je voudrais maintenant prendre le problème à l'envers, et ne pas me contenter de la méthode de la police japonaise qui s'est bornée à collecter des détails, sans être capable d'effectuer la synthèse qui permettrait de découvrir le coupable. On a par exemple retrouvé une vingtaine d'objets abandonnés lors du vol, dont une moto maquillée aux couleurs de la police, une voiture Carolia bleu marine qui a dû servir à transporter l'argent, un imperméable, etc. Mais cela n'a servi à rien. Lequel d'entre vous a dit un jour que le point de départ d'une enquête se trouve dans l'imagination ? C'est une formule qui me semble valable pour vous quatre, et c'est pourquoi je vais amener cette affaire sur un terrain où la force de vos imaginations pourra se déployer librement.

Poirot haussa les épaules et l'interrompit avec la même ironie méchante :

— Au fait, monsieur Sato, au fait !

Sato poursuivit sans perdre son sourire.

— J'entre maintenant, pour répondre à votre désir, dans le vif du sujet. J'ai un plan. C'est d'ailleurs pour cela que je vous ai tous réunis. Je vais faire *opérer devant vous* le vol des trois cents millions. Depuis le début, je suis persuadé que mon plan emportera votre décision, car il correspond exactement aux règles du jeu que vous m'avez expliquées.

— Faire *opérer le vol devant nous* ? coupa Ellery Queen. Vous voulez dire en utilisant des acteurs ? Si c'est cela, vous perdez votre temps ; je suis sûr que la police japonaise a dû essayer plusieurs fois, mais il est impossible d'obtenir la reconstitution parfaite d'un crime. La moindre erreur a pour conséquence de fausser tout le raisonnement : aucune mise en scène ne recouvre la réalité…

— Je sais, je sais, fit Sato en éclatant de rire. Aussi vrai que je m'appelle Sato. Je ne veux pas imiter M. Poirot, mais « laissez faire Daizo Sato ». Je vous promets que vous ne serez pas déçus. Mishima ! Va me chercher les trois valises qui sont dans la pièce à côté.

Mishima se leva et entra dans la pièce ; il y avait effectivement trois valises brunes alignées dans un coin : elles étaient assez grosses et lourdes. Sato les lui fit poser sur la table, et fit apparaître comme par magie un trousseau de clefs ; il ouvrit celle qui était au bout de la table.

Elle était pleine à ras bords de liasses de billets de banque.

2

Ellery Queen siffla. Les deux autres valises étaient, elles aussi, remplies de billets.

Sato, de plus en plus satisfait de l'effet produit par sa petite mise en scène, attendit un moment en silence, tout en caressant les billets.

— Il y a ici une somme égale à celle qui a été volée. Bien sûr, ce sont de vrais billets, et en coupures identiques à celles des trois cents millions.

— Est-ce que par hasard ça ne serait pas vous le coupable ? demanda Akechi en riant.

— Si j'étais le coupable, je ne n'amuserais pas à réunir quatre détectives de votre classe pour le plaisir de me faire démasquer !

— Que signifie tout cet argent ? questionna Maigret sur un ton qui marquait une certaine irritation. Quand il avait découvert les valises remplies de billets, le commissaire en retraite avait, bien entendu, été surpris mais le petit jeu de Sato l'avait peu à peu énervé et il fronçait les sourcils.

— Je vais me les faire voler, dit Sato d'un ton enjoué.

— Vous les faire voler ?

Le froncement de sourcils de Maigret s'accentua.

— Oui, me les faire voler, comme on a volé les trois cents millions. Je vous avais promis de faire revivre l'affaire. Eh bien, voilà !

— Intéressant, lâcha Poirot, mais un peu fou.

— Oui, sans doute fou en apparence, mais ainsi je peux reconstituer le vol et le faire entrer dans le cadre de vos règles du jeu.

Sato restait imperturbable. Il continua :

— Une des raisons pour lesquelles l'enquête de la police piétine, c'est que les enquêteurs n'ont pas compris, me semble-t-il, la psychologie et la façon d'agir du jeune homme qui s'est procuré les trois cents millions. Les inspecteurs de police sont en général issus de milieux modestes, n'est-ce pas ? Si l'on comprend cela, on peut alors rectifier le tir. Le coupable, avec ses trois cents millions, à quoi pense-t-il donc maintenant ? Que fait-il ? Est-il encore au Japon ou bien s'est-il enfui à l'étranger ? Combien a-t-il dépensé ? S'est-il acheté une voiture de sport ?

Une maison de campagne ? En dehors des circonstances du vol proprement dit, il me semble que toutes ces questions présentent aussi un grand intérêt.

— En somme, avec votre expérience, vous voudriez que nous nous lancions dans une enquête *in vivo ?* demanda Ellery l'air intéressé.

Sato semblait avoir ravivé sa curiosité.

— C'est cela même. Et j'ai déjà choisi mon cobaye. Bien sûr, celui-ci ignore complètement qu'il a été choisi pour servir à l'expérience.

Sato était tout joyeux, et dans sa joie il y avait un soupçon de perversité. Akechi, avec toute sa finesse, semblait avoir ressenti lui aussi cette nuance de cruauté.

— Et ce malheureux cobaye, qui est-il ? Cela ne peut tout de même pas être un de nous quatre !

— Mais non, pas du tout ! L'argent ne vous intéresse pas et vous feriez de très mauvais voleurs ; j'ai plutôt besoin de vos talents pour résoudre l'affaire.

— Mais ne connaissant pas le coupable, comment espérez-vous trouver un cobaye parfait ?

— Effectivement cela semble impossible, mais je fais le pari que la structure psychique des jeunes Japonais d'aujourd'hui est assez simple à cerner et que face à trois cents millions de yens, ils réagissent de manière à peu près identique. En outre, les psychologues et la police ont quand même tracé à grands traits le profil du coupable. En réunissant tous ces éléments, j'ai réussi à choisir un jeune homme.

Le portrait du coupable évoqué par Sato avait en effet été tracé d'après les conclusions de la police, les déductions des psychologues et les témoignages des divers témoins. Il était paru dans la presse sous la forme d'un « digest » en onze points.

1) Âge : vingt-cinq ou vingt-six ans. Moins de trente en tout cas.

2) A très probablement agi seul.

3) Tempérament introverti. Ne doit pas être capable de travailler en groupe.

4) Organisé et persévérant, si l'on considère qu'il a commencé à préparer son coup en se livrant au chantage par téléphone, huit mois avant.

5) Groupe sanguin B [1] (d'après la salive sur le timbre d'une lettre de menaces).

6) Casier judiciaire sans doute vierge.

7) Très familier avec la topographie des environs du crime.

8) Pas de goût pour l'alcool. Type perfectionniste et minutieux.

9) Quotient intellectuel moyen.

10) Excellent conducteur.

11) Forte probabilité d'une passion pour le jeu (on a retrouvé des prospectus de courses dans la voiture).

— J'ai trouvé quelqu'un qui répond à ces onze critères, dit Sato. Laissez-moi vous le présenter. Mishima, prépare le matériel de projection.

Mishima sortit un projecteur qu'il installa sur la table, et déroula un écran sur le mur ; puis il prit dans un des tiroirs du bureau de Sato un film en 8 mm que lui non plus, bien sûr, n'avait pas encore vu. Quand l'obscurité se fit dans la pièce, on découvrit tout d'abord un de ces petits immeubles à deux étages recouverts de crépi de mortier et divisés en cages à lapin de location bon marché.

---

1. Important pour connaître le caractère, selon les croyances japonaises à la mode : un équivalent des signes du zodiaque…

— L'immeuble se trouve à trois cents mètres de l'endroit où a eu lieu le vol ; il s'appelle *Peace Building,* c'était un nom fréquent après la guerre. La caméra étant dissimulée, je vous prie d'excuser la mauvaise qualité de la prise de vue.

La grosse voix de Sato coulait dans le noir. On vit l'inscription *Peace Building* sur le mur à l'entrée de l'immeuble, puis un jeune homme en sortit : de taille et de corpulence moyennes, il était vêtu d'un blouson noir.

— Voilà notre sujet…

L'homme s'arrêta et fronça les sourcils, non parce qu'il avait remarqué la caméra, mais à cause du soleil.

— Il s'appelle Katsuhiko Murakoshi. Il a vingt-six ans. Originaire de la région du Shikoku, qu'il a quittée, après sa sortie du lycée, pour monter à Tôkyô. Il y a exercé plusieurs métiers, mais actuellement il est sans travail. Groupe sanguin B. Là, il part pour le champ de courses de Keio.

L'homme enfourcha une vieille moto qui se trouvait garée le long du mur. Changement de décor : on le vit entrer sur le champ de courses. Dans l'atmosphère surexcitée qui régnait dans les tribunes, il avait l'air d'un homme calme, mais soudain, ayant sans doute perdu sa mise, il déchira ses tickets de paris et jeta les morceaux en l'air.

Ensuite, on le voyait conduire un gros poids lourd sur une route nationale un jour de pluie. La caméra l'avait saisi jusque sur la route.

— Quand il n'a plus d'argent, il travaille comme chauffeur à la journée. C'est un conducteur redoutable.

Au même moment, le camion doubla dangereusement une longue file de voitures.

La dernière séquence avait lieu dans un jardin public. Au milieu des cris d'enfants et des couples d'amoureux, Katsuhiko Murakoshi était assis tout seul, isolé, sur un banc.

— Il n'a pas beaucoup d'amis ; pour reprendre l'expression d'un de ses anciens collègues de travail, « il bosse comme une bête, mais sans esprit d'équipe ».

Le film s'arrêta et la lumière revint dans la pièce.

— J'espère que vous êtes satisfaits de mon sujet, dit Sato avec un petit air de triomphe.

3

Sato distribua à chacun des photos de Murakoshi et des copies de son curriculum vitæ en français et en anglais. Mishima reçut aussi sa copie : à voir la minutie des préparatifs, il comprenait de moins en moins la personnalité du vieux Sato. Katsuhiko Murakoshi avait certainement été choisi avant que lui-même ne soit engagé à la suite de la petite annonce dans le journal. Le film en 8 mm donnait l'impression d'avoir été tourné au début de septembre.

— Si vous avez des questions à me poser, je vous en prie.

Sato regarda les quatre hommes : il lui sembla qu'il avait gagné la partie. Maigret souriait tout en jouant avec sa pipe, ce qui devait être un bon signe. Le plus intéressé, cependant, semblait Ellery Queen. L'étrange idée de Sato correspondait peut-être le mieux à son tempérament d'Américain.

— Et comment allez-vous vous faire voler les trois cents millions ? demanda-t-il.

— J'ai déjà tout prévu, répondit Sato avec une légère contraction nerveuse d'autosatisfaction. Cela n'a pas été facile et m'a demandé plus de temps que prévu. Si je n'avais pas été aidé par le talent d'acteur d'un de mes amis, il est probable que je n'aurais pas réussi ; celui-ci doit d'ailleurs venir ici dans un instant vous expliquer lui-même la suite des événements. Sachez seulement que, s'étant fait passer, lui aussi, pour un ouvrier journalier, il a réussi à se lier avec Murakoshi sur le champ de courses. Il lui a parlé d'un vieillard riche et débile – c'est de moi qu'il s'agit en l'occurrence – qui cherchait à acheter des terrains à bâtir dans la banlieue de Tôkyô. Pour une somme d'à peu près trois cents millions. En montant un coup, on pourrait assez facilement s'emparer du magot. Au début il était méfiant et incrédule, mais finalement mon ami a réussi à le persuader, et maintenant il est bien décidé à s'emparer de mon argent. Récemment, il m'a téléphoné : si j'étais bien à la recherche de terrains, il avait ce qu'il me fallait dans les environs et nous pourrions faire affaire. Bien entendu, j'ai marché, et voilà ce qu'il m'a envoyé il y a juste une semaine.

Sato sortit un dossier et étala des documents devant les quatre hommes.

— Ce sont des contrats d'enregistrement de droit de propriété japonais. Bien sûr, ce sont des faux, mais assez adroitement imités. Cela nous prouve les capacités d'organisation de Katsuhiko Murakoshi. En d'autres termes, c'est un bon sujet pour notre expérience.

— Excusez-moi, mais j'ai une question, interrompit Maigret.

— Je vous en prie.

— J'ai travaillé plus de vingt ans au quai des Orfèvres, j'imagine que ça doit être partout pareil : les policiers sont des gagne-petit. Ma femme et moi, nous n'avons guère que notre appartement du boulevard Richard-Lenoir… Pour moi, une somme de deux millions de dollars dépasse complètement l'imagination. Je voudrais savoir pourquoi vous allez risquer une telle somme ? Si ça ne marche pas, vous risquez de perdre pour de bon vos trois cents millions de yens…

— Je m'attendais à cette question. Il y a deux raisons. La première, c'est que je me fais plaisir en organisant tout cela. La seconde, c'est que j'ai la chance – ou la malchance – de posséder une assez jolie fortune : la troisième, sur l'échelle des revenus imposables au Japon. Ayant passé la soixantaine, je sais bien que mes années sont comptées ; quand je disparaîtrai, mes héritiers auront à payer des droits de succession selon un système d'impôt progressif exorbitant. Ma fortune personnelle s'élève à un milliard deux cents millions de yen… D'après les calculs effectués par mes avocats, les droits de succession s'élèveront à peu près à huit cents millions. Par contre, avec trois cents millions de yen en moins, sur neuf cents millions donc, les droits seront d'environ cinq cents millions. Donc, que je dépense ou non trois cents millions dans cette aventure ne changera pratiquement rien à l'héritage que je laisserai à mes proches. J'espère que vous comprenez mieux mes motivations maintenant.

— Les problèmes avec les impôts sont les mêmes partout, fit Ellery Queen d'une voix remplie de bon sens.

Comme les trois autres souriaient, on sonna à la porte d'entrée.

— Ah, voilà mon ami ! dit Sato.

4

Mishima se leva et alla ouvrir la porte à un homme sans âge, mal rasé, qui portait des lunettes de soleil. Son pardessus était plutôt minable, mais il fit apparaître, en l'ôtant, un élégant costume neuf avec un petit nœud papillon.

— Ah ! c'est vous Mishima, dit l'homme sur un ton un peu arrogant tout en se dirigeant rapidement vers le salon. Avec ses grands airs, il donnait l'impression de porter en sautoir la confiance que lui faisait Sato. La première impression de Mishima fut de profonde antipathie : quel type désagréable ! Il le suivit cependant dans la pièce.

Sato le présenta.

— Mon grand ami Goro Kanzaki. Sans lui, notre expérience serait impossible.

L'homme se retourna vers les quatre détectives et – sans enlever ses lunettes noires – s'inclina à la japonaise. Son anglais était de bonne qualité.

— Excusez-moi de vous saluer sans enlever mes lunettes noires. M. Sato vient de vous dire mon nom, mais il n'est pas nécessaire que vous le reteniez. Je préférerais même que vous oubliez jusqu'à mon existence. Mon rôle est semblable à celui des assistants vêtus de noir du théâtre de *kabuki*. Certes j'ai choisi Katsuhiko Murakoshi et je l'ai convaincu de s'emparer des trois cents millions comme dans la célèbre affaire, mais ma présence inopportune entre ce dernier et vous, ne pourrait que gêner vos raisonnements. En plus, il n'est pas bon que je sois son complice puisqu'il semble bien que le coupable du véritable vol ait agi seul. Une fois qu'il aura volé l'argent de M. Sato, je disparaîtrai et me contenterai de l'observer en cachette. Pour Murakoshi aussi, je ne dois être qu'une ombre invisible. Bien entendu, il ne connaît pas ma véritable identité : je ne suis qu'un type bizarre rencontré aux courses.

— Et quelles sont ses intentions ? demanda Sato. (Il aurait préféré s'exprimer en japonais mais il fit l'effort de continuer en anglais par politesse pour ses invités.)

— Tout va bien, il réagit exactement selon nos prévisions, répondit Kanzaki en riant. Depuis que vous avez accepté d'acheter ses terres, il ne tient plus en place. Vous lui avez dit que vous prépariez l'argent, n'est-ce pas ?

— Oui.

— Et où sont situés ces terrains imaginaires qu'il veut vous vendre ?

— A Fuchu.

— Près de la prison de Fuchu : ce n'est pas très loin de l'endroit où a eu lieu le vol des trois cents millions ; on peut y aller en voiture : le coin est tranquille. C'est l'endroit parfait pour commettre un hold-up.

— Et en plus, il m'a fixé rendez-vous à six heures. Juste au moment où le soir commence à tomber. Il met toutes les chances de son côté. Il est probable qu'il m'attaquera quand nous serons assez près de la prison.

— Hier, il a volé une voiture et l'a garée sur un terrain vague dans les environs. Une Carolla bleu marine.

— Eh bien, on dirait que nous nous rapprochons de l'affaire des trois cents millions. Excellent, excellent… dit Sato en souriant d'un air ravi.

— En parlant avec lui sur le champ de courses, j'ai pu constater qu'il avait une grande admiration pour l'auteur du célèbre vol. « Un coup de grande classe ! » m'a-t-il répété plusieurs fois. Sans doute inconsciemment, emporté par son admiration, a-t-il choisi, comme son héros, une Carolla bleu marine.

— Parfait, parfait. Maintenant, nous pouvons être sûrs que dans trois jours, nous aurons la deuxième grande « Affaire des trois cents millions ».

LA DEUXIÈME AFFAIRE DES TROIS CENTS MILLIONS

1

Trois jours après, c'était le 10 décembre, jour anniversaire du vrai vol. Mishima n'arrivait pas à savoir si le vieux Sato avait choisi cette date exprès ou si c'était l'effet du hasard.

A cinq heures, les trois valises contenant un million chacune dans le coffre, Sato installé à l'arrière et Mishima au volant, ils se mirent en route pour Fuchu.

Il tombait une petite pluie fine et, bien qu'il ne fût que cinq heures, la ville était déjà sombre. Mishima essayait de se rappeler les articles de journaux de la première affaire. Il pleuvait aussi ce jour-là, n'est-ce pas… Oui, mais le vol avait eu lieu à neuf heures vingt le matin et il tombait une pluie torrentielle avec des éclairs exceptionnels pour la saison d'hiver. Tout en conduisant, Mishima pensait à deux choses.

Premièrement, il se demandait s'il ne s'était pas embarqué dans une aventure complètement dingue.

Ensuite, il avait peur.

Son angoisse augmentait au fur et à mesure qu'ils approchaient de Fuchu. Après tout, s'ils étaient prêts, eux, depuis le début à se faire voler l'argent, Murakoshi, lui, ne le savait pas : il jouait les voleurs pour de bon. Peut-être était-il prêt à les assassiner tous les deux. On ne savait pas. Il ne restait pour se rassurer que l'admiration que Murakoshi portait au coupable dont avait parlé Kanzaki. S'il avait vraiment tant d'admiration pour l'habileté et la classe du voleur qui n'avait blessé personne, on pouvait espérer que Murakoshi ne s'amuserait pas à faire deux victimes de Sato et de Mishima. Tout en regardant bien la route devant lui, il demanda à Sato qui était assis derrière lui :

— Et une fois que l'on nous aura volé l'argent, qu'est-ce qui va se passer ?

Sato ne répondit pas tout de suite : il sortit un cigare et l'alluma. L'odeur du tabac flotta dans la voiture.

— Il s'agit d'une expérience. Quand on veut trouver un traitement pour une nouvelle maladie, on fait des expériences sur des animaux : on inocule le virus au cobaye et l'on observe les réactions qui se produisent. Eh bien, en ce moment, notre cobaye est Katsuhiko Murakoshi et le virus, ce sont mes trois cents millions. Si l'on envisage les choses sous cet angle, la suite est facilement prévisible.

— Vous voulez dire que nous allons observer ses réactions ?

— C'est ça ; et en l'observant nous en apprendrons beaucoup sur la psychologie du criminel une fois son forfait accompli. Peut-être pourrons-nous même par comparaison démasquer le responsable du premier vol…

Mishima ressentit à nouveau une sorte de pitié pour le pauvre Murakoshi, tandis que Daizo Sato, qui était assis derrière lui avec un gros cigare, lui devenait de plus en plus antipathique.

— Et quel va être le rôle de nos quatre détectives ? Ils vont étudier notre cobaye au microscope ?

— Es-tu capable de tenir ta langue ?

— Oui, bien sûr.

— En fait, j'ai envie de savoir s'ils sont aussi « grands » qu'on le dit.

Mishima sursauta ; il regarda dans son rétroviseur : Sato avait un petit sourire moqueur.

— Que voulez-vous dire ?

— Qu'il n'y a pas de quoi s'étonner : on peut se poser sérieusement la question de leur « grandeur ». N'importe qui peut avoir du génie dans un roman policier.

— Mais toutes les affaires qu'ils ont résolues ne sont-elles pas la preuve de leur compétence ?

— Tu oublies une chose : ni toi ni moi n'avons eu l'occasion de les voir vraiment à l'œuvre. Nous ne connaissons Akechi que par ce que son grand ami Edogawa Ranpo a bien voulu nous en dire. Et c'est pareil pour les trois autres : leurs petits copains romanciers ne nous racontent pas leurs échecs.

« Quel sale type ! » ne put s'empêcher de murmurer Mishima entre ses dents. Pas trop fort, heureusement.

— Et avec votre mise en scène vous allez pouvoir juger exactement leur valeur ?

— Oui. Est-ce que tu connais la qualité dont ils sont le plus fiers ? Celle qui a fait leur renommée ?

— Il y en a beaucoup, mais je crois que la plus importante est certainement une force d'imagination hors du commun.

— Très juste. Et ils en sont eux-mêmes convaincus. Akechi dit que le point de départ d'une enquête est dans l'imagination ; et ce que Poirot et Queen appellent leurs « cellules de matière grise » n'est rien d'autre que la puissance de leur imagination, laquelle selon Maigret suffit pour résoudre une affaire. Avec cette imagination qui les rend si sûrs d'eux, vont-ils prévoir les mouvements du jeune homme qui va se retrouver avec trois cents millions entre les mains ? C'est là que je les attends au tournant avec leurs raisonnements. On va vite s'apercevoir si leurs déductions sont bonnes ou mauvaises. Et ils ne pourront pas dire que je n'ai pas mis tous les atouts de leur côté : je leur ai fourni jusqu'au groupe sanguin de Murakoshi ! Il n'y a rien qui puisse les empêcher de raisonner.

Sato avait l'air tout content de ses projets. Mishima était une nouvelle fois déconcerté par le vieil homme : plutôt que de résoudre l'affaire des trois cents millions, est-ce qu'il ne cherchait pas tout simplement à mettre à l'épreuve les quatre célèbres détectives ?

A ce moment précis, une silhouette surgit devant la voiture.

2

Affolé, Mishima freina brusquement. Les pneus se bloquèrent sur la chaussée rendue glissante par la pluie, et la voiture dérapa sur quelques mètres avant de s'arrêter. Dans la lumière des phares, la pluie avait des reflets d'argent : au milieu se tenait un homme vêtu d'un imperméable.

Mishima baissa sa vitre et s'apprêtait à le traiter de tous les noms mais l'homme s'approcha en titubant.

— Aidez-moi ! cria-t-il. Ses cheveux trempés cachaient à moitié son visage.

— Qu'est-ce qu'il y a ?

— J'ai renversé quelqu'un ! Je n'arrive pas à dégager la voiture, aidez-moi !

L'homme montra devant lui une voiture noire à moitié montée sur le trottoir et immobilisée en travers. Coincé sous le châssis, on distinguait un policier en uniforme.

— Il est blessé, il faut le sortir de là ! Vite !

La voix de l'homme était tremblante ; Mishima jeta un coup d'œil derrière lui.

— S'il y a un blessé grave, il faut l'aider, dit Sato en ouvrant sa portière.

Mishima descendit aussi sous la pluie. Il fit quelques pas vers la voiture accidentée. Le long du trottoir s'élevait le grand mur de béton de la prison de Fuchu. « Pas de circulation, pas de passant. L'endroit est vraiment désert », pensa Mishima. Un cri étouffé le fit se retourner : Sato était étendu inanimé sur le bord du trottoir. L'homme à l'imperméable avait sauté au volant de la voiture, et démarrait sur les chapeaux de roue en faisant crisser les pneus.

— Hé là ! cria instinctivement Mishima.

— Laisse tomber, dit Sato en se relevant doucement.

Il souriait. Il posa sa main sur l'épaule de Mishima.

— Ce type, c'est Murakoshi bien sûr ! Tout s'est passé comme prévu… mais je n'avais pas imaginé qu'il me jetterait à terre si violemment ; je me suis écorché tout le bras !

— C'était vraiment Murakoshi ?

Mishima semblait incrédule : il était incapable de dire si ce hippy aux longs cheveux trempés qui tombaient sur son visage ressemblait au Murakoshi qu'il avait vu dans le film.

— Qui veux-tu que ça soit d'autre pour s'être embusqué ici ? Si c'était un voleur de voitures, il se servirait sur les parkings.

Sato était étrangement calme tandis qu'il essuyait son visage trempé avec son mouchoir.

— Et le policier ! s'écria Mishima. Il se précipita puis s'arrêta net, bouche bée, frappé de stupeur. Le blessé était en fait un de ces mannequins revêtus d'un uniforme que la police japonaise utilise sur les routes de campagne pour réactiver « la peur du gendarme » chez les automobilistes pressés. A cinq ou six mètres de distance, il faisait « vrai ».

— C'est un mannequin !

Sato riait.

— Elémentaire, mon cher Mishima !

— Je ne comprends pas comment vous pouvez rester si calme. S'il file avec la voiture et disparaît, vous serez bien avancé !

— Aucun risque de ce côté-là.

— Pourquoi ? Vous, vous avez votre plan tout arrangé, mais Murakoshi n'a aucune raison de le suivre.

— Je me suis senti rassuré quand j'ai vu la voiture noire accidentée. Ce n'est pas la Carolla bleue mais une Prince Skyline, c'est donc qu'il va utiliser la Carolla pour transporter l'argent. Kanzaki est caché près de l'endroit où il l'a laissée. N'oublie pas que Murakoshi n'a aucune idée de la surveillance que nous exerçons sur lui. Tout va bien.

— Et la police ?

— Je vais l'avertir, bien sûr, sinon ça ne serait pas du jeu et nous sortirions du cas de figure de la première affaire. Mais j'hésite un peu à déclarer un vol de trois cents millions… ils vont croire à une farce… (Sato éclata de rire.) Reposons-nous un moment dans la voiture.

— Mais…

— Lors de la première affaire, le coupable a bénéficié d'un délai de sept heures avant que la police ne soit prévenue. On ne va pas attendre si longtemps, mais un petit peu tout de même.

3

Une heure après, Mishima appela la police et bientôt deux voitures de patrouille arrivèrent sur les lieux. Leurs phares éclairaient la scène comme en plein jour.

Mishima et Sato répondirent aux questions de l'inspecteur assis à l'arrière d'une des voitures. Celui-ci n'avait pas tout de suite réalisé l'importance du vol ; quand Mishima au téléphone avait parlé d'une importante somme d'argent, il avait dû imaginer, en bon Japonais moyen, au maximum une dizaine de millions de yen. Aussi quand Sato donna le chiffre de trois cents millions son visage changea de couleur.

— Vous parlez sérieusement ?

— Est-ce que j'ai l'air de plaisanter ? répondit Sato en colère. Je devais acheter des terrains ce soir, et c'est pourquoi j'avais préparé une telle somme en liquide.

Il sortit de sa poche les formulaires d'enregistrement de droit de propriété et les secoua sous le nez de l'inspecteur.

— Vous avez fait ce qu'il faut pour ma voiture ?

— Oui ; une Toyota Century modèle 68.

— C'est ça ; essayez de la retrouver vite.

— On va faire le maximum mais…

— Mais quoi ?

— Cette affaire me semble avoir été très bien préparée. Tout a été mis en scène dans le seul but de s'emparer de votre argent : le faux accident, le mannequin…

— Mais il n'y avait que le vendeur des terrains qui savait que j'apportais une telle somme avec moi, fit Sato l'air surpris.

— Qui est-ce ce vendeur ?

Les yeux de l'inspecteur brillaient. Sato sortit une carte de visite de son portefeuille et la tendit au policier. Mishima se pencha un petit peu sur le côté et put découvrir le pseudonyme que s'était donné Murakoshi. Il n'avait pas lésiné sur son personnage : c'était un nom rare écrit avec des caractères chinois difficiles : *Kosuke Kujiraoka.*

L'inspecteur passa la carte à son collègue, qui partit tout de suite avec l'autre voiture en faisant hurler la sirène. Il allait certainement se renseigner sur ce « Kosuke Kujiraoka ».

« Je te souhaite bien du plaisir ! » pensa Mishima. Il eut envie de rire mais se retint de justesse. Ce n'était pas triste de voir l'inspecteur patauger ainsi.

Ce dernier les regarda avec attention.

— Et à quoi ressemblait-il, votre voleur ?

— Je ne l'ai pas bien vu parce qu'il faisait déjà sombre, mais il avait un imperméable blanc et devait avoir dans les vingt-cinq ou vingt-six ans, pas plus de trente en tout cas, répondit Sato.

L'inspecteur se tourna vers Mishima. Celui-ci se souvenait parfaitement du visage de Murakoshi vu sur le film : il aurait très bien pu le décrire avec précision mais cela eût semblé bizarre. Lors du vrai vol des trois cents millions, un des témoins avait critiqué le portrait-robot tracé par la police en disant que le voleur avait le visage plus maigre et plus allongé. Pour avoir l'air naturel, son témoignage ne devait pas être trop précis.

— Moi non plus je n'ai pas vu grand-chose ; comme il m'a dit avoir renversé quelqu'un, cela a pris toute mon attention. En plus il pleuvait et il faisait déjà nuit : je n'ai pas vu son visage qui était caché par ses cheveux trempés mais je lui donne entre vingt et trente ans moi aussi. C'est tout ce que je peux vous en dire, s'excusa-t-il.

L'inspecteur nota leurs réponses sur un petit carnet avec une moue de mécontentement. Il les emmena ensuite au commissariat de Fuchu pour continuer l'entretien et enregistrer leurs dépositions.

4

Les journaux du lendemain portaient tous les mêmes titres en première page.

« DEUXIÈME AFFAIRE DES TROIS CENTS MILLIONS : À NOUVEAU PRÈS DE LA PRISON DE FUCHU ! »

Il était évident que l'expression « Deuxième affaire des trois cents millions », même si elle manquait d'originalité, avait un grand impact sur la curiosité du public.

Sato montra les journaux aux quatre détectives et leur traduisit en anglais les grandes lignes.

— Si vous me permettez d'imiter les célèbres « défis au lecteur » de notre ami Ellery Queen, je crois que vous avez tous les éléments pour réfléchir sur le comportement à venir de notre cobaye. En utilisant la puissance de votre imagination et de vos cellules de matière grise, cela ne devrait pas être trop difficile. Mais attention… mon ami Kanzaki que je vous ai présenté l'autre jour le tient sous sa surveillance : nous verrons tout de suite si vos hypothèses sont justes ou non. Vous pouvez encore vous retirer du jeu…

L'attitude de Sato montrait clairement qu'il cherchait davantage à les défier qu'à utiliser leurs talents. Mishima eut peur un instant qu'ils ne se fâchent, mais au contraire ils avaient l'air plutôt intéressés par le défi de Sato.

Hercule Poirot s'adressa à Sato en souriant.

— Vous semblez avoir oublié que je m'appelle Hercule Poirot, monsieur Sato ! Aucun défi, quel qu'il soit, ne fait reculer Hercule Poirot !

— Je n'en doutais pas. Alors, monsieur Poirot, quelles sont vos premières impressions ?

— Il s'agit d'un jeune homme tout à fait ordinaire ; analyser son comportement est un jeu d'enfant. Tenez, pour ne parler que du moment présent…

Il jeta un coup d'œil sur l'horloge accrochée au mur.

— Après avoir transbordé l'argent dans la deuxième voiture volée, il l'a monté dans son petit logement du *Peace Building* et il a étalé les billets devant lui. Maintenant il respire. Comme il n'a pas dû dormir la nuit dernière à cause du trac, il a certainement les yeux rouges de fatigue. Je suis sûr aussi qu'il a laissé les rideaux tirés : cela l'isole et lui donne une impression de sécurité. Il concentre toute son énergie sur les journaux et les informations télévisées. Il veut savoir où en sont les enquêteurs lancés à sa poursuite. Quand il sera un peu calmé, il ira se débarrasser de la voiture de préférence dans un endroit où elle n'attirera pas l'attention. Par exemple, suivant l'exemple d'Allan Poe dans *La Lettre volée,* sur un parking, au milieu de beaucoup d'autres voitures. On peut s'attendre à ce minimum de bon sens chez lui. Ensuite, il va se terrer dans l'appartement pendant au moins une journée entière.

— Vous ne pensez pas qu'il a pu cacher l'argent quelque part avant de rentrer chez lui comme si de rien n'était ? Par exemple sous la charpente en bois d'un temple des environs ? Il me semble qu'il se sentirait plus tranquille ainsi.

Poirot eut un petit rire de supériorité.

— Les gens n'agissent pas selon la logique, monsieur Sato, mais selon leurs émotions. Tout au moins les gens ordinaires. En théorie vous avez raison : il vaudrait mieux qu'il se sépare de l'argent volé. D'ailleurs il avait peut-être préparé une cachette, mais au moment où il a senti entre ses mains l'extraordinaire somme des trois cents millions de yens, je puis vous assurer que l'émotion l'a emporté sur la logique. Il est pris entre deux craintes : d'une part, celle d'être arrêté par la police et d'autre part, celle de perdre son argent. En ce moment c'est la seconde qui l'emporte. C'est le genre de peur qui prend des proportions énormes : elle est en train de le ronger. Cacher l'argent sous la charpente en bois d'un temple ? Un clochard peut le trouver par hasard en s'y glissant pour y passer la nuit. Creuser un trou et y enterrer l'argent ? Un chien peut s'amuser à le déterrer... L'angoisse ne connaît pas de limites. Actuellement notre voleur ne peut plus se séparer de son argent.

Poirot avait l'air très sûr de lui ; Sato se tourna vers les trois autres.

— Et vous, messieurs, qu'en pensez-vous ?

Il y eut un moment d'hésitation, puis Ellery prit la parole.

— Tout d'abord nous pourrions vérifier si le raisonnement de M. Poirot est juste.

Maigret et Akechi approuvèrent de la tête. Etaient-ils d'accord avec les hypothèses de Poirot ou bien cherchaient-ils à l'enfoncer dès le premier round ?

— Nous serons bientôt fixés, dit Sato en regardant sa montre. Goro Kanzaki doit me passer un coup de fil ici tout à l'heure.

Machinalement tous les regards se portèrent sur l'appareil.

Si Poirot avait l'air parfaitement calme, Mishima, lui, recommençait à avoir le trac. Qu'est-ce qui allait se passer si Poirot s'était trompé ? Certes, c'était un grand détective : la puissance de ses petites cellules de matière grise était reconnue et lui-même avait une colossale confiance en son génie. Mais ne partait-il pas, dans cette affaire, avec un lourd handicap ? Katsuhiko Murakoshi était japonais : est-ce que Poirot avait tenu compte dans son raisonnement de la psychologie particulière des Japonais ? Mishima n'avait jamais entendu dire que Poirot connaissait bien la mentalité japonaise, et il ne se souvenait pas non plus avoir vu apparaître des Japonais dans les nombreuses aventures qui avaient valu à Poirot sa brillante renommée. Il y avait bien à Scotland Yard un commissaire qui s'appelait « Jap », mais il n'avait, bien sûr, rien à voir avec le Japon.

Inquiet, Mishima jeta un coup d'œil sur Poirot : celui-ci avait sorti une petite brosse et nettoyait sobrement son veston comme s'il se préoccupait beaucoup plus de son « chic » que de l'exactitude de son raisonnement.

Quelque vingt minutes plus tard le téléphone sonna. Sato décrocha : « Ah, c'est toi Kanzaki ! » et il brancha le combiné sur l'interphone. La voix de Kanzaki emplit la pièce.

— Alors que devient Murakoshi ?

— Hier soir après avoir transbordé l'argent dans la Carolla bleue sur un terrain vague, il est rentré chez lui au *Peace Building* et n'en est pas sorti depuis.

— Il n'a pas caché l'argent ailleurs ?

— Non, il l'a monté dans sa chambre ; on ne se sépare pas comme ça de trois cents millions !

— Quelle est la situation dans l'appartement ?

— Les rideaux sont restés tirés en permanence mais je peux vous dire qu'il ne dort pas : je suis sûr qu'il est en train de compter ses sous. Ainsi donc, Poirot avait vu juste.

— Aussi vrai que je m'appelle Hercule Poirot, monsieur Sato ! fit-il en se rengorgeant.

5

Le lendemain soir, la police retrouva la Toyota Century de Sato à cinq cents mètres du lieu du vol. Vide bien entendu. Il était clair que le voleur avait préparé une autre voiture avec laquelle il avait disparu. C'est alors que les médias, journaux et télévisions, commencèrent à se demander si le voleur n'avait pas tout à fait consciemment imité la célèbre première « affaire ». Il y en eut même pour se demander si le responsable des deux vols n'était pas une seule et même personne.

Mishima s'amusait beaucoup de voir la police et les journalistes piétiner dans leurs enquêtes mais, en même temps, connaître la vérité le mettait mal à l'aise. Parfois il était pris d'une brusque envie de tout avouer : que le voleur s'appelait Katsuhiko Murakoshi et qu'il habitait le *Peace Building*. Sa langue le démangeait.

On publia le portrait-robot du voleur. La police ayant utilisé les témoignages imprécis de Sato et de Mishima, le résultat ressemblait à Murakoshi sans lui ressembler ! On restait dans le flou. Mishima eut l'impression que quatre-vingt-dix-neuf pour cent des gens qui connaissaient Murakoshi ne penseraient pas à lui en voyant le portrait-robot. Sato, lui, était très satisfait de la photo montage des journaux.

— Le portrait-robot ne ressemble pas vraiment à Murakoshi. Tant mieux. Cela nous rapproche encore davantage des conditions de la première affaire.

— Comment pouvez-vous affirmer que le portrait-robot publié à l'époque n'était pas ressemblant ? demanda Mishima.

Sato haussa les épaules devant la naïveté de son jeune secrétaire.

— D'abord les témoins n'étaient pas d'accord entre eux et l'un a critiqué le montage en disant qu'il ne correspondait pas à l'homme qu'il avait vu monter dans la Carolla bleue. Ensuite, il est à peu près assuré que le coupable est un jeune homme qui habitait près du lieu du vol. Cela représente une population de cent mille habitants ; si l'on tient compte de l'âge, cela réduit le nombre des suspects à vingt ou trente mille personnes. Si le portrait-robot avait été ressemblant, avec l'aide des journaux, on aurait démasqué le coupable. C'est parce qu'il était mauvais que le voleur court encore.

Mishima ne sut que penser du raisonnement de Sato.

Au bout d'une semaine, on retrouva la Carolla bleue sur un parking de H.L.M. de la ville de Koganeishi. Kanzaki avait bien sûr tenu le petit groupe au courant de l'endroit où Murakoshi s'était débarrassé de la voiture volée. Comme Poirot l'avait deviné, elle avait été laissée en évidence au milieu d'autres voitures. Mais ce qui était encore plus étonnant c'est que, sur ce point de détail aussi, Murakoshi semblait avoir pris volontairement modèle sur le premier vol : c'était en effet sur ce même parking de H.L.M. que le voleur avait autrefois abandonné sa Carolla bleue. Il en résulta dans les journaux un renouveau de l'hypothèse du coupable unique.

S'il s'agit du même individu, pensez qu'il a ramassé six cents millions de yens en tout ! écrivaient les journalistes. Mais le personnage avait étrangement perdu la popularité que lui avait value la « classe » de son premier coup, un petit peu comme si le public ne lui pardonnait pas d'avoir touché deux fois le gros lot.

Tout cela troublait Mishima et il se demandait parfois si Murakoshi n'était pas aussi le responsable du premier vol.

En cherchant, pour en faire son cobaye, un homme ayant le plus possible le profil du coupable (homme jeune, habitant les environs, bon conducteur, groupe sanguin B, etc.), Sato avait finalement employé la même méthode que la police, resserrant les mailles de son filet. Ne pouvait-on pas envisager la possibilité qu'il soit tombé sans le savoir sur l'original en cherchant la copie ?

Mais dans ce cas, pourquoi Murakoshi était-il resté dans son appartement minable, et, s'il avait entre les mains les premiers trois cents millions, pourquoi avait-il risqué un deuxième coup si aventureux ?

6

— Je vous propose de réfléchir sur ce que va faire maintenant Murakoshi, dit Sato aux quatre détectives.

Il était tout content de l'importance accordée par les médias à sa « Deuxième Affaire des trois cents millions ».

— Comme les prévisions de M. Poirot se sont révélées exactes, nous pourrions continuer sur cette lancée, et cela devrait nous aider à découvrir le stratagème utilisé lors du premier vol.

— Je suis ravi, bien sûr, d'avoir vu juste, mais je considère que notre M. Murakoshi est un imbécile, dit Poirot.

— Pourquoi ?

Poirot haussa les épaules.

— Parce qu'il ne s'enfuit pas dans un endroit plus sûr.

— Vous voulez dire par exemple à l'étranger ?

— Pas du tout. En prison ! Le meilleur endroit pour échapper à la police, c'est la prison. Dans quel but les policiers cherchent-ils à arrêter les voleurs ? Pour les mettre en prison. Ils ne cherchent pas les voleurs en prison ! Si j'étais Murakoshi, je trouverais une planque pour l'argent et je me ferais mettre au trou quelque temps pour une peccadille.

Mishima eut l'impression d'avoir déjà vu ça quelque part. Poirot n'avait-il pas fait la même remarque dans l'affaire *La Disparition de M. Davenheim ?* Cela remontait à 1924. En quarante ans, le célèbre petit détective n'avait pas changé d'un iota ses théories. « Tenace, le petit père Poirot ! » pensa-t-il.

— Moi, je trouve que d'un autre côté, Murakoshi est bien intéressant, remarqua Akechi. Cette manière d'imiter en tout le premier vol, jusqu'au choix des mêmes voitures, vous ne trouvez pas ça intéressant ?

— N'est-ce pas le résultat de l'admiration qu'il porte à son illustre prédécesseur ?

— Oui, sans doute, monsieur Sato, mais je... (Akechi passa ses doigts dans ses cheveux en broussailles). Mais non, je me laisse entraîner trop loin par mon imagination.

Le silence d'Akechi intrigua Mishima : avait-il voulu dire qu'il pensait que Murakoshi et le premier voleur ne faisaient qu'un ? Mais cette hypothèse du voleur unique faisant les beaux jours de la presse à sensation, il n'avait pas voulu la développer devant les autres. Sinon qu'avait-il voulu dire ? Mishima l'observa : il croisait les bras et semblait complètement absorbé dans ses propres réflexions. Décidément, cette fâcheuse habitude de s'enfermer dans le silence au milieu d'une phrase était partagée par tous les détectives.

— Bien, je vais prendre le relais de M. Poirot, dit Ellery Queen, mais avant, si vous me le permettez, je voudrais faire quelques remarques. Il y a trente ans, lors du *Mystère de l'éventail japonais,* j'ai eu l'occasion de rencontrer un assez grand nombre de Japonais. Ils étaient tous très gentils : je me souviens en particulier d'une vieille servante originaire d'Okinawa, dévouée, discrète et remarquablement intelligente. Mais les lecteurs japonais qui ont lu le récit de cette aventure m'ont reproché d'avoir des préjugés contre le Japon. Je dois reconnaître, à ma grande honte, qu'à l'époque je n'avais pas vraiment compris la mentalité japonaise. Je me contentais d'un exotisme de pacotille. Il faut dire à ma décharge que l'époque n'était pas favorable : les sentiments anti-japonais se développaient en Amérique. Moi-même, j'ai à maintes reprises, au cours de cette affaire, accusé de bonne foi les Japonais d'être le peuple le plus complexé de la terre, et d'aimer pour le plaisir les situations floues et troubles. J'ai même fait changer le titre élégant du *Mystère de l'éventail japonais* pour un titre fade et sans saveur, *Le Mystère du grenier*. Enfin tous ces souvenirs ne sont pas très glorieux et mieux vaut en rire. Aujourd'hui, en tout cas, je n'ai plus ces préjugés stupides ni ce goût de l'exotisme : je crois qu'au bout du compte tous les peuples de la terre sont fondamentalement composés d'êtres humains égaux. Et de plus en plus : tenez, par exemple, à l'aéroport, Mishima m'a dit que les Séries noires étaient à la mode au Japon ; c'est aussi un signe que le monde est en train de s'uniformiser. Sur ce point précis des Séries noires, d'ailleurs, je ne peux pas dire que cela me réjouisse particulièrement, mais enfin… (Ellery glissa un clin d'œil à Mishima et sourit). Pour en revenir à Katsuhiko Murakoshi, je n'envisagerai pas ses réactions dans le cadre restreint de la mentalité japonaise. Je crois qu'en Amérique ou au Japon, les jeunes d'aujourd'hui réagissent de façon identique. Ne disent-ils pas d'ailleurs eux-mêmes qu'il n'y a plus de frontières pour eux ! Ce matin, à l'hôtel, j'ai lu les articles du *Japan Times* concernant notre affaire. On y disait que, dans le pire des cas, le coupable risquait un maximum de cinq ans de prison. Je suis sûr que Murakoshi a lu la même chose dans les journaux japonais. J'ai l'impression qu'il ne doit pas avoir très peur d'une éventuelle condamnation : sa véritable angoisse actuellement est de perdre la fortune qu'il a entre les mains. Si la police le capture, cela signifie pour lui d'abord la fin de ses trois cents millions. C'est pourquoi je pense qu'il ne va pas rester longtemps à se terrer dans son petit appartement du *Peace Building*. Dans cet immeuble de mauvaise qualité, il va toujours craindre les tremblements de terre et les incendies. Pour lui ce serait la fin de tout : les billets de banque font facilement un joli petit tas de cendres dans un incendie. Avant tout, il va chercher à quitter son immeuble.

— Et pour aller où ?

— L'endroit précis, je n'en sais rien. Mais je suis sûr de deux choses. La première, c'est qu'il ne s'enfuira pas en province. Dans toutes les provinces du monde les gens sont curieux : comment dépenser quatre-vingt mille dollars sans se faire remarquer ? Je crois au contraire qu'il va rester près du centre de Tôkyô. Depuis toujours, c'est perdu dans la foule, n'est-ce pas, que l'on est le plus en sécurité. La seconde certitude, c'est qu'il va s'installer dans un immeuble moderne qui ne craint ni les tremblements de terre ni les incendies. Je parierais volontiers qu'en ce moment dans sa petite chambre, il a étalé par terre des brochures d'appartements de haut standing et qu'il se demande lequel choisir. Ensuite, une fois qu'il aura emménagé, il va s'acheter une voiture. Si on l'observe depuis le début, on constate qu'il a une passion pour les voitures, je le vois donc s'acheter plutôt une voiture de sport.

— Vous ne pensez pas qu'il va se remettre à jouer ? demanda Sato.

— Si, bien sûr, avec tout cet argent qui lui est tombé dessus d'un seul coup, c'est fort probable. Mais pas tout de suite. Il ne peut pas abandonner son magot dans l'appartement, il a bien trop peur des incendies et des voleurs. Et on ne l'imagine pas aux courses avec ses trois cents millions sur le dos ! Il ne retournera aux courses qu'après s'être bien installé.

— Et s'il mettait l'argent dans le coffre de sa voiture de sport ?

— Impossible.

— Pourquoi pas ?

— Il ne le ferait qu'en dernière extrémité s'il était obligé de fuir, mais pas pour aller aux courses. Pensez que, rien que pour notre affaire, il a volé deux voitures ; et il a dû en voler d'autres avant. Pour lui, une voiture, c'est quelque chose qui se vole, et tout particulièrement une voiture de sport. Vous pouvez donc éliminer le coffre… Pour le premier vol aussi.

Mishima intervint.

— Vous ne croyez pas que pour plus de sécurité il va faire installer un coffre-fort dans son nouvel appartement ? On voit souvent ça au cinéma : un coffre-fort caché derrière un tableau de maître.

Ellery eut un sourire amical.

— C'est une idée intéressante qui doit certainement tenter notre voleur. Tout d'abord pour la sécurité, mais aussi pour le plaisir : contempler chez soi sa fortune à l'abri d'un coffre est une source de jouissances inépuisable. Par contre, je me demande si les Japonais ont l'habitude de posséder des coffres. J'ai vu je ne sais pas combien de films japonais, mais je n'ai jamais vu une seule scène où l'on essayait de forcer un coffre. Pour l'instant je préfère éliminer cette hypothèse. Bon, je crois que j'ai suffisamment travaillé comme ça.

Il prit sa pipe en bruyère, la bourra et l'alluma avec un petit air satisfait.

— J'attends le rapport de Kanzaki avec impatience, fit Sato.

7

Kanzaki ne téléphona pas. Mais deux jours après, dans l'après-midi, il se présenta à l'appartement de Sato. Les quatre détectives étaient en train de bavarder, ils le regardèrent entrer avec surprise. Cependant, le plus étonné était Sato ; il lui demanda sur un ton agressif :

— Tu devais rester à surveiller Murakoshi !

Sans enlever ses lunettes, Kanzaki eut un petit rire.

— Si je suis venu ici, c'est que cela n'est plus nécessaire.

— Comment cela ? Il s'est enfui ? La police l'a arrêté ?

— Ni l'un ni l'autre.

— Explique-toi !

— Il a l'intention de quitter son logement. Ce n'est pas une bonne planque pour ses trois cents millions. Il a raison ; moi aussi à sa place je quitterais vite cette cage à lapin.

— Tout se passe comme M. Queen a prévu.

Kanzaki tourna ses lunettes noires vers Queen, lequel se contenta de sourire. Sato était de plus en plus énervé.

— Et alors, qu'est-ce qui s'est passé ?

Kanzaki se tourna de nouveau vers Sato.

— Il y a quelques semaines, j'ai branché une écoute téléphonique sur le raccord extérieur de sa ligne. Depuis avant-hier il passe en revue les unes après les autres toutes les agences immobilières de la ville. Il s'est décidé ce matin pour un luxueux quatre-pièces à dix-huit millions.

— Dans quel quartier ? Selon M. Queen, il devrait rester dans le centre-ville.

— Il a mis dans le mille ! Essayez de trouver l'endroit maintenant.

— Comment veux-tu que je le sache ? s'énerva Sato exaspéré par le sourire énigmatique de Kanzaki.

Il réfléchit une seconde en se pinçant le bout du nez puis s'écria : « Ce n'est pas vrai ? »

— Si, il a acheté un appartement dans la résidence-hôtel *New Shibuya !*

Sato éclata de rire.

— La résidence *New Shibuya* est une de mes opérations immobilières : c'est moi qui en ai financé la construction. Ce sont des appartements de luxe avec tous les services d'un hôtel. Si l'on m'avait dit que ce serait justement là que Murakoshi s'installerait !

— Tout étant géré par une agence, il ne sait pas que l'immeuble vous appartient !

Kanzaki éclata de rire lui aussi.

— Cela va devenir un jeu d'enfant de l'observer. Il doit emménager dans trois jours ; nous avons largement le temps de truffer son appartement de micros.

— Parfait. Voyons ce que nous pouvons faire d'autre. (Sato jeta un coup d'œil interrogateur aux quatre détectives qui écoutaient en silence.) Si nous nous installions tous au *New Shibuya ?* Comme les ventes viennent juste de commencer, je peux disposer librement de plusieurs appartements. En plus, comme c'est une résidence-hôtel, il y a un bar et un hall de réception avec tout à votre disposition. Vous serez sûrs de ne pas vous y ennuyer.

Sato avait parlé avec précipitation. Il lut sur le visage des quatre détectives qu'ils étaient d'accord.

— A quel étage s'installe-t-il ?

— Au quatrième.

— Bon ! réserve-nous les autres appartements de l'étage.

Les quatre détectives n'avaient pas fait d'objections à la proposition de Sato, ils semblaient même plutôt contents de la tournure que prenaient les événements.

— Garde-moi la chambre à côté de celle de Murakoshi, dit Sato à Kanzaki. Comme ça tu pourras facilement y installer les systèmes d'écoute, et j'ai envie de contrôler moi-même les agissements de notre cobaye.

— Et moi, qu'est-ce que je deviens ?

Sato fit claquer sa langue, excédé.

— Tu restes en fonction bien sûr ! Avec nous au quatrième étage. Arrange-toi pour que tout soit prêt pour demain matin. Mishima, toi aussi tu t'installes avec nous !

Son ton n'admettait pas de discussion, mais, se retournant vers ses hôtes, Daizo Sato arbora un large sourire.

— Installons-nous au *New Shibuya* et poursuivons notre expérience.

8

Le *New Shibuya* était un bel immeuble de dix étages avec un parking en sous-sol. Au rez-de-chaussée se trouvait un grand hall de réception avec un bar et un restaurant de luxe.

Murakoshi avait acheté l'appartement 406. Sato prit le 405 à gauche et Kanzaki le 404 à côté. Mishima s'installa dans une chambre de l'appartement de Sato afin d'être facilement à sa disposition.

Les quatre autres se répartirent les logements suivants du 407 au 410. Il fut décidé que l'appartement de Sato servirait de quartier général pour les « réunions de travail ».

Le déménagement eut lieu le lendemain sans problèmes. Mishima s'attendait à de nombreuses difficultés, mais il s'aperçut que dans ce bas monde tout s'arrange facilement quand on peut payer.

Tout se passa en effet très rapidement. Sato avait laissé son ancien appartement tel quel et fait tout simplement livrer du mobilier neuf. Il fit également meubler les chambres des détectives avec ce que l'on faisait de mieux ; à la fois pour leur marquer du respect et peut-être aussi avec l'arrière-pensée de revendre ensuite les appartements de luxe tout « meublés ». Comme on manquait de temps, il commanda l'ensemble à un magasin des environs en quatre exemplaires sans prendre le temps d'assortir chaque pièce au goût de chaque personnalité. (Après tout, c'étaient quand même des meubles de grande valeur.) Les quatre appartements se trouvèrent donc absolument identiques.

Deux jours après, ils décidèrent d'attendre dans le hall l'arrivée de leur cobaye qui devait se faire remettre les clefs de son appartement vers les deux heures. Sato et Kanzaki restèrent, bien sûr, enfermés dans leurs chambres.

Au fur et à mesure que l'heure approchait, Mishima montrait des signes de nervosité tandis que les quatre détectives attendaient patiemment en faisant la causette. Il y avait beaucoup de monde dans le hall et dans cette résidence de luxe la présence de trois étrangers n'avait aucune raison d'attirer l'attention.

— Il y a très longtemps, j'ai eu l'occasion de me rendre au quai des Orfèvres, dit Akechi en français à Maigret. C'était en 1929. Je me souviens très bien du préfet de police de l'époque M. Demarion et de l'inspecteur Hébert : ils m'ont beaucoup appris sur Arsène Lupin. Si je n'avais pas eu la chance de bénéficier de leur expérience, l'année suivante, à Tôkyô, quand j'ai eu affaire à Lupin, je ne crois pas que j'aurais eu le dessus.

— Arsène Lupin est venu au Japon ? s'étonna Maigret en buvant une gorgée de son café noir. Il était vraiment de tous les coups celui-là ! Moi je suis entré dans la police en 1931, la grande époque de Lupin était terminée, je n'ai jamais eu affaire à lui. Mais qu'est-ce qu'il était venu faire au Japon ?

— Il visait des trésors d'art nationaux. Finalement, cela me fait de bons souvenirs. Il apparaissait avec son loup doré sur le visage et disparaissait à volonté. Je n'oublierai jamais sa prestance et son rire. Au Japon aussi il était très populaire : Fumiko Otori, une Japonaise d'une extraordinaire beauté, tomba même follement amoureuse de lui [1].

— Oh la la ! fit Maigret en souriant.

— A moi aussi la police parisienne a rendu bien des services, interrompit Queen. Je dois profiter de l'occasion pour vous remercier.

— Vraiment ? Pourtant j'ai bien l'impression que nous nous rencontrons ici au Japon pour la première fois.

— Oui, c'est vrai, mais vous connaissez M. Philippe Orléans au quai des Orfèvres ?

— Oui, c'est un grand spécialiste de l'anthropométrie judiciaire. Il vous a aidé ?

---

1. *Le Masque d'or*, roman d'Edogawa Ranpo, 1930.

— En 1936, à l'époque où je m'occupais de l'affaire *La Maison à mi-route,* il est venu étudier les méthodes de la police américaine. C'est à cette occasion qu'il m'a donné un coup de main. Il possédait une technique merveilleuse. Il a fait une déposition lors du procès à propos des empreintes digitales trouvées sur l'arme du crime et cela a permis de démasquer le vrai coupable.

— Je lui dirai que vous ne l'avez pas oublié quand je rentrerai à Paris ; cela lui fera plaisir.

— Et moi, si je vous avais connu quand je suis allé en France lors de l'enlèvement du Premier ministre, je vous aurais demandé votre aide, dit Poirot aimablement.

C'était bizarre de constater que tous avaient peu ou prou noué des liens avec la France ou avec des Français. Ils se levèrent pour aller au bar. Mishima se dirigea vers la sortie ; au moment de franchir le seuil, il entendit la grosse voix de Maigret commander une bière pression. « Ils sont vraiment décontractés », se dit Mishima en souriant. Dehors, le soleil brillait. Il s'arrêta et regarda sa montre. Encore cinq minutes. Comment Murakoshi allait-il se présenter ? Mishima fut de nouveau pris de pitié pour lui : non seulement il servait de cobaye malgré lui, mais en plus on l'avait appâté avec trois cents millions. Pas deux ou trois millions mais bien trois cents en liquide ! Il y avait là-dedans une grande cruauté. Et tout ça pour « raisonner » sur la célèbre affaire des trois cents millions ! C'est du moins ce que disait le vieux Sato. Est-ce qu'il ne s'agissait pas plutôt de mettre une fortune énorme entre les mains d'un jeune homme et d'observer la décomposition de sa personnalité ? En plus, Sato pouvait toujours interrompre le jeu et reprendre ses billes – ses millions – quand il le voulait. C'était dégoûtant.

A ce moment, une voiture de sport gris métallisé se rangea devant l'entrée de la résidence. Le conducteur ouvrit sa vitre et regarda l'immeuble. Mishima eut d'abord l'impression de ne pas connaître ce jeune homme au look riche hippy, mais à l'observer plus attentivement, il s'agissait bien de Katsuhiko Murakoshi qu'il avait vu sur le film en 8 mm. Par prudence, Mishima détourna légèrement la tête : ils avaient été en contact lors du braquage de la voiture. Leurs regards se croisèrent un instant mais l'autre ne broncha pas : lors de l'attaque, tout occupé par Sato, il n'avait certainement pas dû faire attention au visage du chauffeur.

Murakoshi s'enfonça dans le parking au sous-sol. Il avait choisi une Mercedes 250 S qui avait dû lui coûter plus de trois millions. Bravo Ellery !

Quand il remonta dans le hall, il n'avait pas de bagages. Sans doute considérait-il que l'argent était en sécurité dans le coffre de la voiture dans le parking gardé.

Mishima décida d'aller voir. Il découvrit la Mercedes garée tout au fond du troisième sous-sol. Il se pencha sur le pare-brise pour observer la place du conducteur. La voiture était équipée d'un système antivol très perfectionné. Ce n'était pas pour rien que Murakoshi avait volé deux voitures. Mishima ne se sentait pas à l'aise. Il contourna la voiture et tapota légèrement le coffre du bout des doigts. Dire qu'il y avait dedans trois cents millions ! Lui non plus, à la place de Murakoshi, n'arriverait pas à se séparer d'une telle somme… Il avait bien envie de vérifier : il tapota de nouveau sur la carrosserie.

— Qu'est-ce que vous fabriquez ? fit une voix en colère.

Murakoshi était là, debout devant lui.

— C'est une belle voiture, fit Mishima décontenancé.

Il essaya péniblement de sourire. L'autre restait de glace. Pour détendre l'atmosphère Mishima prit une cigarette et l'alluma.

— C'est une Mercedes Benz ?

— Ouais.

— Je viens d'emménager dans l'immeuble.

— Moi, j'emménage aujourd'hui.

— Très bien. Enchanté.

Mishima esquissa le geste de lui serrer la main mais Murakoshi tourna brusquement les talons. Etait-ce un excès de précautions de sa part ou un effet de son caractère taciturne ? Mishima se sentit tout triste pour lui ; il y avait des choses que Murakoshi ne pourrait pas acheter avec ses trois cents millions…

Il remonta au bar où les quatre « vieux » prenaient tranquillement un verre. Il s'assit à côté d'Akechi et lui glissa à l'oreille :

— Il est arrivé !

— Nous sommes au courant, répondit-il simplement.

— Il est en train de monter tout l'argent dans son appartement ! Vous ne venez pas ?

— Si, si… fit Akechi en souriant, mais sans manifester la moindre intention de se lever.

Pendant qu'ils parlaient tous les deux en japonais, les trois autres étaient absorbés par leurs souvenirs de France. Murakoshi et ses millions semblaient le dernier de leurs soucis. Mishima se demanda si, tout géniaux qu'ils étaient, ils n'étaient pas aussi un peu gâteux. A l'efficacité de leurs cellules de matière grise se mêlait ce goût bizarre de papoter sans arrêt autour de leurs souvenirs.

— Vous ne pensez pas qu'il y a mieux à faire que de rester ici ?

L'œil d'Akechi se fit malicieux.

— Nous ferions mieux, en effet, d'aller dans sa chambre et de nous présenter : « Nous sommes les célèbres détectives venus vous observer ».

Mishima devint tout rouge. Pourquoi fallait-il que tous les détectives prennent un malin plaisir à se moquer de lui ?

— Donc vous restez là, tranquillement, à boire un verre ?

— Je n'ai pas dit que nous restions « tranquilles », fit Akechi en prenant une cigarette et en l'allumant avec délectation. Il n'y a, vois-tu, que les détectives ringards de série B pour croire qu'il est nécessaire de filer le train à un suspect pour réussir. Tu as bien vu comment Poirot et Queen travaillent uniquement avec leur intellect et leur imagination. Ce n'est pas parce que notre homme vient d'arriver ici que nous devons nous lancer à sa poursuite. Qu'en penses-tu ?

Encore vexé, Mishima prit un ton de défi.

— Vous pouvez donc me dire quelles sont les dispositions que notre « cobaye » va prendre ?

Le visage d'Akechi s'éclaira d'un large sourire.

— Si j'étais M. Poirot, je te répliquerais vertement : « Sais-tu bien qui je suis, petit ?... Hercule Poirot en personne ! » C'est à mon tour ou à celui de Maigret de « travailler », mais puisque tu me le demandes, je vais te donner mon avis. Premièrement, je crois qu'en s'installant ici, Murakoshi se sent bien rassuré : il a lu les journaux et sait que la police n'est pas sur ses traces. Maintenant, il va commencer à se demander comment dépenser son argent… Un écrivain célèbre a dit que pour lui la gloire signifiait des débordements sexuels à volonté ; pour les hommes, la gloire ou l'argent, c'est d'abord la possibilité d'avoir des femmes. C'est encore plus vrai chez les jeunes gens solitaires comme Murakoshi : ils ont l'air de ne pas connaître le désir, mais en fait c'est tout le contraire. Dès qu'il se sentira un peu rassuré, il va penser aux femmes. S'il a acheté une voiture de sport, ce n'est pas seulement pour pouvoir s'enfuir, c'est aussi pour pouvoir réaliser son rêve de lever une fille.

— Il va commencer à fréquenter les bars et les boîtes de nuit ?

— Tu manques vraiment d'imagination, dit Akechi moqueur.

Mishima se sentit de nouveau piquer un fard.

— Mais les gangsters n'ont-ils pas tendance à être toujours fourrés dans les boîtes de nuit ? Les femmes et l'alcool les aident à oublier leur peur de la police. Ne dit-on pas aussi qu'à force de tout claquer, quand la police les arrête, ils n'ont souvent plus un sou ?

— Oui, tu as raison quand il s'agit de deux ou trois millions, mais avec trois cents tout change. C'est l'argent qui fait l'homme, à cette échelle. Son nouvel appartement, sa Mercedes, ce sont les premiers signes des mailles que l'argent est en train de tisser autour de lui : il ne peut déjà plus y échapper. C'est peut-être d'ailleurs la vie idéale pour les jeunes d'aujourd'hui. Quand il était tout seul dans son minable logement, il a dû y rêver plus d'une fois. Il va se faire livrer des meubles design du meilleur standing et ensuite il va se mettre en quête d'une fille qui convienne à sa nouvelle situation, et ce ne sera pas une fille de cabaret.

— Alors quel genre de fille ?

— C'est toi qui dois savoir cela : quelles sont les filles qui plaisent aux jeunes de ta génération ?

— Euh… les filles qui passent à la télé, ou celles qui font des photos de mode.

— Oui, sans doute. C'est le type de fille qu'il va chercher. Avec sa voiture de sport, il est bien équipé.

— Ces filles-là, on les trouve à Roppongi et à Asakusa.

— Il va chasser dans ces quartiers et en ramener une au *New Shibuya.* Ça ne m'étonnerait pas qu'une fille s'installe pour vivre avec lui : il a une belle voiture, il est riche, il est jeune, et, ce qui ne gâche rien, il n'est pas mal de sa personne. Il n'aura aucun mal à trouver.

— Et après ?

— Après, on verra. Ça sera au tour de Maigret.

Akechi alluma une autre cigarette, ferma les yeux et se tut.

9

Mishima monta à l'appartement retrouver Sato et lui rapporter sa conversation avec Akechi.

— Si c'était moi, fit Sato avec une moue, je ne m'embêterais pas à chercher une fille, je m'en paierais une tout de suite !

On entendit du bruit dans la chambre voisine ; Sato augmenta légèrement la puissance du micro d'écoute. C'était un coffre-fort qu'on livrait à Murakoshi.

« Mettez-le à côté du lit », disait-il. On comprenait au ton de sa voix qu'il rayonnait de joie.

— Il s'est acheté un coffre ! dit Mishima en rougissant de plaisir.

Son hypothèse s'était révélée exacte ! Il se demanda si les détectives éprouvaient la même sensation de picotement ou si le succès était devenu leur seconde nature.

On n'entendait plus rien. Les livreurs étaient repartis.

— Il est en train de ranger ses billets !

Maintenant Murakoshi pouvait en effet se sentir en sécurité : son argent était à l'abri des incendies, des tremblements de terre… et des voleurs !

— Je me demande si le responsable du premier vol a réagi exactement comme lui.

— C'est là tout mon pari, répliqua Sato. Je mise sur l'identité des réactions des deux jeunes gens en face de trois cents millions.

— Pourquoi la police ne cherche-t-elle pas dans la même direction que vous au lieu de passer son temps à contrôler les permis de conduire et les voitures volées ?

— Elle n'en est pas capable parce que c'est une lourde bureaucratie qui choisit d'abord la sécurité. En avançant à petits pas, on est sûr de ne pas tomber de trop haut. Tout est calculé pour éviter le gros échec qui attire les critiques du public. C'est pourquoi en face d'affaires qui sortent par trop de l'ordinaire – comme la nôtre ou les meurtres en série – les policiers sont démunis. En fait, depuis quelque temps, ils comptent essentiellement sur les coups de téléphone de dénonciation pour résoudre la plupart des cas. Ce qui manque le plus à la police d'aujourd'hui, pour parler comme Ellery Queen, c'est l'imagination.

— Ou plutôt, elle est incapable de résoudre les affaires qui font appel au pouvoir de l'imagination, corrigea Mishima.

— Oui, tu as sans doute raison. J'ai d'ailleurs l'intention d'écrire un livre sur tout le déroulement de notre aventure. J'ai déjà mon titre : *Comment j'ai résolu l'Affaire des trois cents millions.* Avec les quatre plus célèbres détectives du monde, Murakoshi comme cobaye et les preuves de l'exactitude du récit, le succès est garanti à l'avance. Un best-seller à coup sûr ! Et cela sera aussi un cri d'alarme pour dénoncer les méthodes complètement dépassées de la police. Entre nous, je puis te le dire : j'ai tout enregistré depuis le début à cette intention !

Dans l'appartement à côté, Murakoshi semblait s'apprêter à sortir.

— Je le suis ? demanda Mishima.

Sato secoua la tête.

— Non, Kanzaki s'en occupe. Allons plutôt jeter un coup d'œil sur l'appartement. Je suis curieux de voir comment il l'a arrangé avec mes trois cents millions.

Il sortit une clef avec une étiquette portant le numéro 406.

— N'oublie pas que je suis aussi le propriétaire des lieux, fit-il tout content. Bon ! on peut y aller. Si, comme le pense Akechi, il est parti draguer, cela nous laisse un bon bout de temps devant nous.

La pièce était déjà entièrement meublée : un beau salon à l'occidentale avec une chaîne stéréo et une télévision couleur ; dans la chambre, un lit magnifique avec l'imposant coffre-fort ostensiblement installé derrière.

— C'est l'appartement idéal pour un jeune d'aujourd'hui, commenta Sato tout en regardant Mishima sans que celui-ci puisse discerner s'il y avait de l'ironie dans sa remarque.

— Bah !… fit Mishima perplexe.

— Il a dû en rêver plus d'une fois la nuit quand il était dans sa petite chambre du *Peace Building* !

Mishima, lui, calculait dans sa tête combien tout cela avait dû coûter : l'appartement, la voiture et tous les à-côtés, cela allait chercher dans les trente millions de yens. Fallait-il trouver ça cher ou bon marché ? Pour trente briques, on pouvait donc s'offrir un petit royaume. Qu'en avait pensé le coupable du premier vol ? Régnait-il sur un royaume identique ?

— C'est facile de claquer en beauté de l'argent volé, continua Sato en riant.

Mishima trouvait plutôt « petit-bourgeois » ce désir de s'installer tout de suite dans ces meubles faits pour durer. Est-ce que la fortune n'allait pas paradoxalement développer chez Murakoshi une mentalité de petit rentier de luxe ?

Soudain, le téléphone se mit à sonner. Mishima tendit machinalement la main vers l'appareil mais se retint juste à temps.

Qui pouvait bien téléphoner ?

Sato et Mishima se regardèrent : il y avait peu de chances que Murakoshi ait donné à quelqu'un sa nouvelle adresse et son numéro de téléphone.

La sonnerie insistait.

— Ne répondez pas, fit une voix sévère derrière eux.

Akechi se tenait sur le pas de la porte.

Au bout de quelques minutes la sonnerie s'arrêta enfin.

— C'est très certainement Murakoshi lui-même qui vérifie d'une cabine que personne n'est chez lui. Ce n'est pas très efficace comme méthode, mais ça le rassure psychologiquement. C'est une sorte de réaction d'autodéfense contre sa propre angoisse. Mais nous ferions mieux tout de même de ne pas nous attarder ici.

Ils retournèrent au 405 chez Sato.

Une heure après, le téléphone sonna à nouveau dans l'appartement de Murakoshi.

— Le système d'autodéfense ! fit Sato en s'inclinant devant Akechi.

Dans la soirée, ce fut Kanzaki qui appela.

— Il a trouvé une fille à Roppongi. Maintenant, ils sont dans un drive-in près d'Enoshima.

— C'est quel genre de fille ?

— Assez jolie avec de grands yeux. A voir comment elle est habillée, je parierais qu'elle fréquente les milieux de la mode. Ça a l'air de marcher tous les deux.

Sato se tourna vers Akechi.

— *Wonderful !*

Ce ne fut que vers une heure du matin que Murakoshi ramena la fille à l'appartement. Ils étaient très gais et n'arrêtaient pas de parler. Au bout de quelque temps, Mishima traduisit en anglais ce qu'il avait pu apprendre sur la fille.

Elle s'appelait Yuriko Kinjo. Elle devait certainement, d'après son nom, être originaire d'Okinawa.

— Oh, Okinawa ! s'exclama Ellery Queen qui semblait décidément avoir gardé de bons souvenirs des filles d'Okinawa.

Murakoshi mit un disque de chansons de Noël. Mishima avait complètement oublié que Noël approchait.

— Déjà Noël, dans trois jours… dit Poirot.

— Une grande fête est prévue dans le hall de réception pour la soirée de Noël, annonça Sato.

Est-ce que les trois étrangers apprécieraient une soirée de beuverie amicale à la japonaise ?

Murakoshi mit ensuite du rock ; on entendait aussi le rire éclatant de la jeune fille. Puis on eut l'impression qu'ils se mettaient au lit. Les rires se transformèrent en râles suspects. Sato, avec un petit rire complice, se proposait d'écouter la suite, mais les quatre autres haussèrent les épaules d'un air dégoûté et préférèrent regagner leurs chambres.

— Ils sont plus pudiques que je ne l'imaginais, dit Sato à Mishima en riant.

« Ce n'est pas une question de pudeur, pensa Mishima, c'est une question de style : ils sont d'une autre époque. Le petit voyeurisme érotique, dans le style des Séries noires, n'est décidément pas pour eux. »

10

Le lendemain, un peu avant midi, Mishima descendit dans le hall : tout au fond du coin salon, Katsuhiko Murakoshi était assis à côté d'une jeune femme sur un sofa qui tournait le dos à la réception. « Voilà donc Yuriko Kinjo », se dit-il. Il s'installa un peu à l'écart, alluma une cigarette et les observa discrètement.

Elle n'était pas mal, en effet, avec de très grands yeux et de longues jambes que dévoilait allégrement une jupe très mini. Un vrai mannequin de mode jusqu'au bout des ongles, qui étaient d'ailleurs soigneusement vernis et coloriés. Mishima se souvint qu'Ellery Queen, dans *Le Mystère de l'éventail japonais,* avait dit que les femmes d'Okinawa avaient plus de classe que les Japonaises. Qu'en pensait-il aujourd'hui ?

A les regarder se raconter des choses drôles, éclater de rire et se comprendre à demi-mot, Mishima trouva qu'ils formaient un beau couple. S'ils s'entendaient bien, il était fort possible qu'ils se mettent à vivre ensemble comme l'avait prévu Akechi.

(Mais qu'avait-elle pensé du coffre-fort dans la chambre ? Et lui, qu'est-ce qu'il lui avait raconté ? La vérité ?)

Mishima était perdu dans ses réflexions quand les quatre détectives débarquèrent bruyamment.

Queen, Poirot et Akechi s'installèrent tranquillement chacun dans un fauteuil de l'entrée et firent semblant de s'intéresser aux journaux du jour. Maigret, lui, se dirigea tout droit vers le bar.

Après un instant d'hésitation Mishima se décida à le rejoindre. C'était au tour de Maigret, après Akechi, d'analyser la situation.

Maigret, perché sur le tabouret trop étroit et trop haut du bar, sirotait une petite bière. Mishima se hissa sur le tabouret voisin, commanda un whisky-soda et se lança en français.

— Monsieur Maigret ?

Maigret posa son demi, sortit sa pipe et l'alluma sans se presser.

— C'est votre tour, monsieur Maigret…

— Ah ! le petit jeu des pronostics…

— Vous n'aimez pas jouer ?

— Pourquoi me demandes-tu cela ?

— J'ai l'impression que vous n'êtes pas comme les autres. MM. Queen, Poirot et Akechi, eux, se régalent au jeu des pronostics. D'ailleurs, dans leurs aventures respectives aussi, ce qu'ils aiment avant tout, c'est résoudre l'énigme, trouver la solution du mystère. Vous, c'est différent : vous semblez vous intéresser d'abord à la personnalité du coupable.

— Oui, tu as peut-être raison…

— On dirait que vous n'arrivez pas à détester les criminels.

— Et pourquoi donc les détester ? D'après toi il faut « détester » les hommes !

— Pour vous, un criminel est un homme comme un autre ?

— Non, dit comme ça, c'est trop sentimental ; en fait, je crois que les criminels sont beaucoup plus humains que nous.

— Dans quel sens ?

— Tiens, prends un type qui résiste à toutes les tentations, quelqu'un avec une volonté de fer, complètement incorruptible. Tu vas me dire que c'est un homme, un vrai. Eh bien ! non, c'est une exception. La plupart des êtres humains sont faibles. C'est la nature qui veut ça. Toi ou moi, par exemple, nous sommes des assassins ou des criminels en puissance et si nous ne passons pas à l'acte, ce n'est pas tant grâce à notre force de caractère qu'à cause de notre éducation et de la morale sociale. La société nous impose ses lois : nous avons peur de les transgresser, c'est tout. Le criminel, ce n'est souvent que celui qui, pour une raison ou pour une autre, la mort d'un proche, le choc d'un accident ou n'importe quoi, brise ce mur de la peur et franchit les limites de notre faiblesse commune trop humaine…

— C'est le cas de Murakoshi ?

— Bien sûr. Cette somme de trois cents millions de yens, c'est une bombe à retardement entre les mains d'un jeune homme. A jouer avec le feu, il va se brûler.

— Vous pensez qu'il ne va pas s'arrêter là… Les trois cents millions ne lui suffisent pas ?

— Si, mais quand on a franchi le mur dont je te parle, on ne peut plus revenir en arrière. Ça aussi, c'est très humain.

— Alors, qu'est-ce qu'il va faire ?

— C'est une question délicate.

Maigret jeta un coup d'œil vers le hall.

— Tout va dépendre de sa capacité à résister à la tentation. L'homme est un animal étrange, il résiste plus facilement à la tentation du bien qu'à celle du mal ! Je ne sais pas si c'est un des traits de la société moderne ou si nous sommes nés comme ça, mais la plupart des criminels, une fois qu'ils se sont laissés entraîner et qu'ils ont franchi le pas, courent tête baissée vers leur propre autodestruction.

— Mais il y a des hommes qui s'identifient au mal. Les Borgia, par exemple, y prenaient du plaisir.

— Je ne dis pas que cela n'arrive pas. Les nazis aussi. Mais ils avaient foi en leurs actions et toutes leurs cruautés étaient justifiées à leurs yeux par leurs théories démentes. Tandis que Murakoshi a une conscience négative de son acte. De plus, il me semble assez fragile nerveusement. C'est pour cette raison que je suis sûr qu'il va s'enfoncer lui-même. D'une certaine manière, on peut considérer d'ailleurs que le fait de s'acheter un appartement de luxe, une voiture de sport et de s'offrir une jolie fille sont des actes d'autodestruction : n'a-t-il pas ainsi détruit de fond en comble tout ce qui faisait sa vie auparavant ? Désormais il ne peut plus revenir en arrière et sa nouvelle existence lui tourne la tête.

— Qu'est-ce qu'il va faire exactement ?

Maigret eut un petit sourire amusé.

— C'est ce que je suis en train de t'expliquer, non ? Tu trouves peut-être que je ne suis pas assez précis…

— Ce n'est pas ça, mais je ne vois pas comment Murakoshi pourrait se « détruire lui-même » !

— Le plus sûr pour un criminel, c'est de rester solitaire, perdu dans la foule, mais il se trouve que la nature humaine ne supporte pas la solitude. Murakoshi ne s'est-il pas tout de suite trouvé une petite amie ? Même s'ils tombent amoureux l'un de l'autre, les trois cents millions vont vite se dresser entre eux. Il va toujours craindre qu'elle ne perce son secret et c'est le genre d'angoisse qui, une fois qu'elle a germé en toi, ne te lâche plus : c'est une boule de feu qui te ronge de l'intérieur chaque jour un peu plus… On ne peut s'en débarrasser qu'en se débarrassant de…

— Vous voulez dire en la… !

— Oui, si c'est elle qui est à l'origine de l'angoisse : je crois que oui, il peut aller jusqu'à la tuer pour s'en débarrasser. A l'instant même où il a ramené cette fille dans son appartement, il a laissé l'angoisse s'installer en lui. D'ailleurs, à le voir incapable de supporter la solitude, je me demande si l'angoisse n'a pas commencé à le détruire dès qu'il a eu l'argent entre les mains. Et puis, il y a aussi ce M. Kanzaki qui m'intéresse.

— Mais c'est lui qui surveille Murakoshi !

— C'est justement pour ça qu'il m'intéresse. M. Sato nous l'a présenté comme son « grand ami », mais pour moi il n'est qu'un employé qui, en plus, ne m'a pas l'air bien riche. Et on s'amuse à faire rouler trois cents millions devant lui !… Il est plus proche de l'univers de Murakoshi que de celui de M. Sato : si l'envie lui en prenait, nous pourrions nous retrouver avec une nouvelle affaire sur les bras.

— Moi aussi, je suis dans cette situation, plaisanta Mishima.

Maigret, la pipe entre les dents, le regarda dans le blanc des yeux, sans rire.

— Bien sûr. Je m'intéresse également à toi. Et pas seulement moi, les trois autres aussi. Nous t'observons attentivement.

Mishima sentit un picotement désagréable traverser sa moelle épinière : les quatre détectives s'intéressaient de près à lui !

Il se leva et, au moment de sortir du bar, il demanda brusquement au commissaire :

— Vous aimez Jean Gabin ?

Sans répondre, Maigret se retourna avec une moue amusée et haussa les épaules.

LE RÉVEILLON DE NOËL

1

Yuriko Kinjo s'installa dans l'appartement de Murakoshi.

Bien qu'ayant à peu près le même âge qu'eux, Mishima ne comprenait pas les liens qui unissaient les deux jeunes gens : ils « vivaient ensemble », mais qu'est-ce que cela voulait dire « vivre ensemble » ? Etait-ce une simple passade ou bien déjà une liaison solide ?

— Ça m'inquiète, cette liaison, confia-t-il à Sato. D'après M. Maigret, avec tout cet argent en jeu, l'éventualité d'un assassinat n'est pas à exclure…

— Toi, tu crois à l'Amour avec un grand « A » entre eux deux, n'est-ce pas ? fit Sato moqueur. Murakoshi s'est mis un secret de trois cents millions sur le dos et tu t'imagines qu'il va en plus s'attacher pour de bon à une fille ! Il est avec elle uniquement pour la mettre dans son lit.

— Seulement pour ça ?

— Et aussi pour la frime, si tu veux. C'est pour ça qu'il l'a choisie « à la mode ».

— Je crois aussi qu'il avait peur de la solitude…

— Vous me faites marrer avec toutes vos interprétations littéraires !

— Littéraires ?

— Mais oui. Tiens, « peur de la solitude », c'est une trouvaille de M. Maigret sans doute. Le plus grand défaut de tous nos célèbres détectives, c'est de faire de la littérature à tort et à travers !

— Ça leur réussit assez bien si on regarde tous leurs succès…

— Oui, en effet. Mais à bien y réfléchir, si on regarde de plus près justement leurs grands succès, qu'est-ce qu'on trouve ? Que les coupables sont presque toujours de vrais personnages de roman ! Ce sont des coupables taillés sur mesure pour l'intellect de ces messieurs et complètement coupés de la réalité. Prends par exemple *Le Mystère de l'éventail japonais,* la belle coupable de *L'Affaire Kajin Gengi* ou encore le jeune homme tuberculeux de *La Tête d'un homme*… c'est du cousu main psychologique. L'enquêteur et le coupable sont comme cul et chemise ! Je vais même aller plus loin : la plupart des criminels que nos détectives ont arrêtés n'étaient que des doubles d'eux-mêmes, leurs alter ego. Ils n'ont pas de mérite à les avoir démasqués puisqu'on les leur a servis sur un plateau ! Avec Murakoshi, c'est une autre paire de manches : lui, ce n'est pas un personnage de roman, c'est un jeune gars ordinaire. C'est là que ça commence à devenir intéressant.

— Jusqu'à maintenant, en tout cas, tout s'est déroulé selon leurs prévisions « littéraires ».

— Oui, jusqu'à maintenant, mais n'importe qui, en faisant un tout petit peu travailler ses méninges pouvait en faire autant. La preuve, c'est que même toi, tu as deviné qu'il allait s'acheter un coffre ! A partir de maintenant, ça se corse : avec une femme dans le jeu, la donne devient complexe. On va enfin les voir à l'œuvre…

— M. Maigret vient de…

— Ouais, il est resté prudemment dans le vague pour ne pas se mouiller !

— Hum…

Mishima eut un petit sourire gêné. Il devait reconnaître que Maigret n'avait guère été précis, mais était-ce, comme le pensait Sato, par manque de confiance en lui-même ? Il n'arrivait pas à y croire : il lui semblait au contraire que Maigret, mesurant tout à fait la portée de ses paroles, avait fait exprès de ne pas s'engager. Au fait, lors de leur conversation au bar, il avait oublié quelqu'un parmi les personnes à surveiller : Sato lui-même ! Du coup, Mishima eut la certitude que Maigret s'intéressait aussi de très près à son patron « M. Daizo Sato ».

— Qu'est-ce que tu as à me dévisager comme ça ? fit sèchement Sato en le fusillant du regard.

2

Grâce aux micros, on s'aperçut que Yuriko avait commencé à s'intéresser au coffre-fort. Elle demandait sans arrêt à Murakoshi ce qu'il y avait dedans. Celui-ci, bien sûr, se gardait bien de lui répondre et ne manœuvrait jamais la combinaison devant elle.

Elle ne se contentait pas de ses réponses évasives : il était tout naturel qu'elle soit intriguée par la présence d'un aussi gros coffre dans une chambre et l'attitude de Murakoshi ne faisait au contraire qu'exciter davantage sa curiosité.

Maigret avait dit que l'angoisse était une boule de feu qui rongeait l'individu de l'intérieur. « La curiosité aussi », pensa Mishima. Elle allait croître de jour en jour dans le cœur de Yuriko Kinjo. En arriverait-on à la tragédie envisagée par Maigret ?

La police, pendant ce temps-là, poursuivait sa laborieuse enquête. Toute une équipe d'inspecteurs épluchait un à un les permis de conduire des jeunes de vingt à trente ans ainsi que les dossiers de toutes les Carolla et Prince Skyline volées. C'était le même train-train routinier que pour la première affaire des trois cents millions : un long et minutieux jeu de patience. Il ne leur serait pas venu à l'idée de chercher du côté des acquéreurs récents de coffre-fort ou d'appartement de luxe ! A ce rythme-là, remonteraient-ils seulement un jour jusqu'au *New Shibuya ?*

— Ils utilisent les mêmes méthodes archaïques que la première fois. Cela ne fait que renforcer « par l'absurde » mon hypothèse que notre modèle est presque parfait, fit Sato tout content.

L'incapacité de la police, au contraire, mettait Mishima hors de lui. Pourquoi ne faisaient-ils pas travailler un peu leur imagination ? Avec un petit effort dans ce sens, ils auraient très certainement résolu la première affaire. Sato avait donc raison : la structure même de l'organisation policière empêchait toute souplesse dans le déroulement d'une enquête !

Murakoshi emmenait souvent Yuriko Kinjo faire une promenade dans sa Mercedes Benz. Parfois c'est lui qui en prenait l'initiative mais le plus souvent c'est elle qui se faisait toute gentille pour le décider. D'après les rapports de Kanzaki qui les surveillait, ils allaient le plus souvent au cinéma ou au bowling. Comme on pouvait s'y attendre, Murakoshi évitait soigneusement la banlieue de Chufu où il avait vécu et où avait eu lieu le vol. En outre, il ne manquait jamais de téléphoner de temps en temps pour calmer son angoisse.

Mishima ne comprenait toujours pas si l'entente entre Murakoshi et Yuriko Kinjo était profonde. Ils donnaient l'impression de n'agir qu'à leur guise et si dans la journée ils se disputaient, ils se réconciliaient facilement le soir sur l'oreiller. Mishima était tout gêné d'avoir à écouter leurs ébats, mais Sato tenait absolument à les enregistrer aussi.

Yuriko maintenant brûlait littéralement de curiosité à propos du coffre. Parfois entre deux étreintes, elle le questionnait brusquement, mais sans résultat. Il était évident que ces éternelles dérobades ne faisaient que jeter de l'huile sur le feu qui la rongeait. Qu'allait-il se passer entre eux deux ? Allait-elle piquer une colère et le laisser tomber de guerre lasse ou bien s'acharner jusqu'au bout pour découvrir le contenu du coffre ? Si elle essayait de l'ouvrir et s'il la surprenait ?…

La veille de Noël, Mishima alla trouver Sato.

— Je suis de plus en plus inquiet…

Sato souriait en écoutant au casque ses enregistrements coquins.

— Qu'est-ce qu'il y a ? fit-il en enlevant ses écouteurs.

— J'ai peur que Murakoshi ne commette une bêtise.

— Mais il a déjà fait une grosse bêtise : il m'a extorqué trois cents millions et avec il s'est généreusement offert un bel appartement et une voiture de sport !

— C'est vous qui l'avez poussé pour en faire le sujet de votre expérience ; vous savez bien qu'il n'est pas vraiment responsable. Et puis, il n'a rien fait d'autre !

— Oh ! oh ! mais on dirait que tu éprouves de la sympathie pour notre cher cobaye ! fit Sato en riant.

— Oui, peut-être, répondit franchement Mishima. Si vous n'aviez pas monté toute cette machination autour de lui et si vous ne l'aviez pas choisi, il serait sans doute encore dans son petit appartement sans rien avoir à se reprocher.

— Oui, peut-être en effet, mais crois-tu qu'il serait plus heureux ? Sans ma machination comme tu dis, pas d'appartement de luxe, pas de Mercedes Benz et pas de jolie fille d'Okinawa à mettre dans son lit… Il doit plutôt m'être reconnaissant de l'avoir choisi comme cobaye ! Et tu oublies aussi que je recherche le vrai coupable du premier vol. Alors, crois-moi, tu peux dormir sur tes deux oreilles avec tes scrupules !

— Mais qu'est-ce que vous allez faire s'il commet un meurtre ?

— Un meurtre ? Ne t'inquiète pas. Quand on possède trois cents briques, on ne fait pas de conneries de ce genre. Tu sais, l'argent adoucit les mœurs…

— Ou bien alors il rend dangereux : on peut se faire assassin pour garder trois cents briques comme vous dites. Même s'il n'a pas l'intention de tuer, Murakoshi a tout à fait conscience que dans l'autre sens, on peut très bien vouloir l'assassiner pour lui prendre son argent. C'est un jeu dangereux.

— A part nous, personne ne sait qu'il possède une telle somme d'argent.

— Kanzaki le sait. Et Yuriko Kinjo aussi : elle est dévorée de curiosité à propos du contenu du coffre. Il me semble normal de s'inquiéter.

— Alors qu'est-ce que tu veux que je fasse ?

Fronçant son petit nez, Sato scruta Mishima. Celui-ci eut la désagréable impression que son patron se moquait de lui. Daizo Sato pouvait par moments lui en imposer, mais il n'était finalement qu'un vieux renard plein de fric.

— Si vous alliez maintenant tout raconter à la police, Murakoshi s'en tirerait encore à bon compte.

— Et puis quoi encore ? explosa Sato. As-tu oublié pourquoi je me suis lancé dans toute cette affaire en y engageant ma fortune personnelle ? Retrouver le coupable du premier vol : j'en fais maintenant une question d'honneur afin de démontrer l'incapacité de notre police. C'est aux citoyens de lutter contre le crime et l'insécurité et dans le cas présent la fin vaut les moyens ! Tu comprends ? Pour l'instant tout se passe comme prévu : je suis absolument sûr que le premier voleur a agi comme Murakoshi : une planque luxueuse, un coffre et une jolie fille. En plus, j'ai réussi le tour de force de réunir les quatre plus grands détectives du monde pour mener l'enquête et tu voudrais que j'aille tout raconter à la police à un moment si important !

— Sans tout leur dire, vous pourriez au moins les orienter sur les pistes que nous avons découvertes.

— Ça n'aurait aucun sens et ce, pour deux raisons. D'abord, je ne peux pas imaginer la police changeant d'un seul coup ses méthodes rien qu'en écoutant ma petite histoire. Ensuite, j'ai encore besoin de savoir ce que va faire Murakoshi maintenant. Cela fait deux ans que le voleur court dans la nature, les réactions de Murakoshi sont trop fraîches, il faut continuer à l'observer calmement.

— Et s'il se fait assassiner ?

Mishima se sentait pris dans un cercle vicieux et ne pouvait s'empêcher d'en revenir sans cesse à la même question. Sato eut un petit rire méprisant.

— Dans ce cas-là, tant pis ! Cela nous donnera peut-être la preuve indirecte que le véritable voleur s'est fait assassiner lui aussi !

L'humour, la morgue et le sang-froid de Sato révoltèrent Mishima.

— Et si je vais tout dire à Murakoshi ?

— Il ne te croira pas, tout simplement, répliqua Sato en arborant un large sourire. Il ne croira jamais ton histoire du mystérieux M. Sato, il s'imaginera plutôt que c'est une ruse pour l'approcher et lui voler l'argent… Par contre, je le vois assez bien te supprimant !

Il avait raison : qui croirait qu'il y ait un vieillard assez fou pour risquer trois cents millions dans une aventure pareille ?

— Vous êtes diabolique ! dit Mishima d'une voix blanche.

3

Le 24 décembre. La veille de Noël. Depuis le matin, il faisait un froid de canard. Partout dans la ville les vitrines des grands magasins étaient illuminées. C'était le moment où les journées semblent se bousculer au portillon de la fin de l'année et où les préparatifs du jour de l'an remplacent les nouvelles dans les journaux.

Le hall et le bar du *New Shibuya* avaient été décorés pour le réveillon. On avait même livré un grand sapin de Noël, une idée de Sato sans doute, et l'on avait placardé sur le mur de la réception l'annonce suivante :

« CE SOIR, GRAND RÉVEILLON DE NOËL DANS LE HALL. TOUS LES DÉGUISEMENTS SONT LES BIENVENUS. UN PETIT CADEAU EST PRÉVU POUR TOUS LES PARTICIPANTS. »

L'affiche était rédigée en japonais et en anglais, manifestement à l'intention des trois « étrangers » de la résidence.

Mishima, après son petit déjeuner, était en train de lire l'affiche quand Poirot fit son apparition. Mishima ne put s'empêcher de rire : il avait entendu dire que Poirot était frileux, mais à ce point-là ! Engoncé dans un épais manteau, enfoui sous un gros bonnet, perdu dans les replis d'une chaude écharpe, Hercule Poirot s'était caparaçonné dans une véritable armure de laine dont seuls émergeaient le bout de son nez et les pointes de ses deux célèbres petites moustaches.

— Je ne supporte pas le froid, fit-il sans rire.

Il demanda à Mishima où était l'église la plus proche et sortit pour assister à l'office du matin.

Maigret, à l'aise dans un ample et confortable pardessus noir, s'arrêta au bar pour prendre une tasse de café avant de se diriger lui aussi vers l'église.

Fidèle à ses habitudes, Ellery Queen fit la grasse matinée jusqu'à midi. Quand il descendit, il était déjà en grande tenue dans un élégant costume gris perlé.

— Vous allez aussi à la messe, monsieur Queen ? demanda Mishima.

Ellery sourit.

— Je n'ai jamais été enfant de chœur dans la chorale de ma paroisse comme M. Maigret, mais je suis quand même un peu chrétien…

Il enfila son manteau et sortit.

Mishima se sentit tout ému de voir les trois hommes aller à l'église. Peut-être était-ce parce que lui-même ne s'était jamais vraiment posé la question de l'existence de Dieu.

Il fit également une autre petite découverte concernant la typologie psychologique des grands détectives : ils aimaient tous les trois les couleurs sobres. Le gris pour Queen et Poirot, le noir pour Maigret. Akechi aussi était presque toujours en noir. Ce dernier arrivait justement, les cheveux en bataille, encore plus lève-tard que Queen. Il s'arrêta devant le sapin de Noël alluma une cigarette et s'approcha, l'air aimable.

— Où sont les autres ?

Quand Mishima lui expliqua qu'ils étaient tous à la messe, il sursauta, incrédule.

— Et vous, vous croyez en Dieu, monsieur Akechi ?

La question eut l'air de l'embarrasser et il passa machinalement la main dans ses cheveux.

— Pourquoi me demandes-tu cela ?

— Quand vous êtes sur une affaire, vous donnez l'impression, vous ou les autres grands détectives d'avoir une toute-puissance divine sur vos personnages. Quand on est soi-même une sorte de dieu, a-t-on encore besoin de Dieu ?

— Moi ! une sorte de dieu ! fit Akechi amusé. On m'a déjà dit quelque chose comme ça un jour. Le roman policier serait le vrai mythe de notre époque. Le mythe étant le conflit entre Dieu, le Malin et les hommes, le détective serait Dieu, le criminel le Malin et la victime l'humanité…

— Qu'en pensez-vous ?

— C'est une hypothèse séduisante, mais qui ne me convainc pas. D'abord, les criminels sont des hommes et les détectives aussi. En plus, si nous avions vraiment quelque pouvoir divin, nous devrions plutôt l'utiliser pour prévenir le crime et l'empêcher. En fait, la seule chose dont nous soyons capables, c'est d'arriver après coup, quand le malheur a eu lieu, et d'essayer de trouver le coupable. Et même quand nous y arrivons, il nous reste toujours quelque amertume au fond du cœur. Alors tu vois, finalement, je comprends très bien le sentiment qui les pousse à aller à l'église.

— Et vous, pourquoi n'y allez-vous pas ?

— D'abord, je ne suis pas chrétien et je n'ai jamais cru en Dieu, ou plutôt, il vaudrait mieux dire que je n'ai jamais été doué pour croire en Dieu.

— Doué ?

— Oui. Pour défendre une certaine idée de la justice, je n'ai pas hésité à me salir les mains, à faire couler le sang. Dieu n'aime pas le sang, même celui des assassins. Et puis aussi, à dire la vérité, j'ai trop de défauts : je ne suis pas insensible au charme d'une certaine cruauté et je n'ai pas toujours su résister à mon penchant pour les jeunes gens… Je crois que cela me disqualifie auprès de Dieu, non ?

Faisait-il allusion à son jeune assistant Kobayashi, ou bien pensait-il à sa liaison avec son vieil ami trop tôt disparu, Edogawa Ranpo ? Mishima, un peu troublé par ce sujet délicat, essaya de plaisanter.

— Vous avez maintenant en tout cas l'âge des confidences indiscrètes !

Au début de l'après-midi, Kanzaki descendit, le visage toujours à moitié dissimulé derrière ses grosses lunettes de soleil ridicules. Mishima, qui décidément le trouvait de plus en plus antipathique, lui lança en colère :

— Et si Murakoshi descend et vous trouve là ?

— Ne t'inquiète pas, il fait la bête à deux dos avec sa poupée et comme c'est parti, ils en ont pour tout l'après-midi !

— A cette heure-ci ?

— La jeunesse d'aujourd'hui a le feu au cul ! ricana Kanzaki.

Mishima monta à l'appartement : Sato était installé devant le magnétophone, les écouteurs à l'oreille. Il fit un clin d'œil à Mishima et brancha le haut-parleur : on entendit aussitôt les rires et les gloussements du jeune couple sur fond de rock'n roll. Sato leva les yeux au ciel.

— Ça fait une heure qu'ils n'arrêtent pas… Là, les jeunes, vous m'épatez !

La musique s'arrêta et l'on entendit distinctement des bruits de baisers et de caresses, puis la voix enrhumée de Yuriko qui se faisait toute gentille.

— Dis, on ira à la fête ce soir ? J'adore les parties. Il faut se déguiser… en quoi ?

— Tu n'as qu'à rester comme tu es… Quand on est bien foutue comme toi, on n'a rien à cacher ! Et maintenant…

Elle eut un petit rire étouffé et l'on entendit le bruit des deux corps s'écrasant sur le matelas.

— C'est reparti pour un tour ! fit Sato en coupant le micro.

Mishima ne put s'empêcher de sourire en pensant à l'expression de Kanzaki : « Ils ont le feu au cul ! ». Au moins, tant qu'ils seraient « rongés » par ce feu-là, ils ne risquaient rien. Les prévisions pessimistes de Maigret ne prenaient heureusement pas tournure et ils s'étaient peut-être inquiétés trop vite.

Quand Mishima redescendit, les trois grands détectives étaient rentrés de la messe.

4

Le réveillon commença à partir de huit heures dans le hall et dans le bar. Malgré l'annonce, la plupart des locataires du *New Shibuya* n'étaient pas déguisés. Les quatre détectives non plus. Même Akechi qui était un expert dans l'art de se rendre invisible ne portait pas de fausse barbe. A soixante ans passés, ce n'était sans doute plus de leur âge. D'ailleurs, Poirot, avec son crâne en coquille d'œuf rehaussé de deux petites moustaches dressées vers le ciel, n'avait pas besoin de déguisement pour ressembler à Hercule Poirot !

Sato avait mis par-dessus son kimono de cérémonie traditionnel une belle barbe d'empereur d'Autriche qui lui donnait l'air d'un samouraï de l'ère Meiji.

Mishima n'était pas déguisé et Kanzaki avait disparu bien avant le début des festivités pour ne pas risquer de rencontrer Murakoshi.

Il était un peu plus de neuf heures quand celui-ci descendit avec Yuriko Kinjo. Elle n'était pas déguisée et portait avec élégance une robe de soirée blanche. Elle semblait très fatiguée et était très pâle. Mishima se dit qu'avec l'après-midi bien rempli qu'elle avait passé, cela n'avait rien d'étonnant.

Murakoshi était en redingote et chapeau haut-de-forme, avec une grande barbe en collier : il ressemblait à Abraham Lincoln. La barbe et le chapeau le rendaient complètement méconnaissable. Il tenait, en prime, une badine à la main.

Pour égayer la soirée, on avait fait venir un prestidigitateur et deux danseuses nues.

Le prestidigitateur était minable et son meilleur tour fut de disparaître rapidement pour le plus grand soulagement de tous. Par contre, les ondulations des deux danseuses nues furent acclamées et bissées. Elles repartirent un peu avant onze heures après avoir touché leur petite enveloppe.

L'empereur d'Autriche se leva.

— Au nom de la résidence du *New Shibuya,* je vais maintenant vous remettre vos cadeaux de Noël.

Il fit un signe à Yuriko qui s'était assise près de Murakoshi.

— Mademoiselle, s'il vous plaît... il vaut mieux que ce soit une charmante jeune femme comme vous qui s'en charge.

Sans même lui laisser le temps de répondre, il lui mit les paquets dans les mains. Elle les prit, se leva et commença à les distribuer machinalement tandis que Sato appelait les locataires étage par étage.

— Et maintenant l'appartement numéro...

Ayant commencé par le haut, il sauta volontairement le quatrième étage. Au fur et à mesure qu'ils avaient reçu leur cadeau – une épingle à cravate pour les hommes, de fausses perles pour les femmes –, les locataires remontaient dans leurs appartements. Il ne resta bientôt plus que ceux du quatrième. Murakoshi ne semblait pas à l'aise et Yuriko était toute pâle. Les quatre détectives, eux, semblaient très amusés par la tournure des événements et regardaient Sato.

— Alors, je suis impatient de voir mon cadeau, fit Poirot mi-sérieux mi-sarcastique.

— J'ai bien réfléchi avant de choisir, j'espère qu'ils vous plairont, dit-il en triturant sa barbe de kaiser.

Il remit d'abord son cadeau à Murakoshi qui, toujours assis sur le sofa, ne tenait plus en place. Celui-ci ouvrit son paquet sur ses genoux et devint livide : il quitta aussitôt la salle sans dire un mot.

— Et maintenant M. Ellery Queen, continua Sato comme si de rien n'était.

Il tendit avec emphase un énorme paquet à Yuriko. Ellery, avec la spontanéité des Américains, l'ouvrit tout de suite devant tout le monde. Il en sortit un magnifique modèle réduit de voiture ancienne.

— Oh, fit Ellery tout content, une Dussenburg !

— Quand vous étiez jeune, vous avez réussi un beau coup de filet au volant d'une Dussenburg, n'est-ce pas ?

Ellery sourit en pensant aux années passées.

— Notre époque a perdu le goût des belles choses… on ne fait plus de voitures de cette classe ! Je dois me contenter d'une Pontiac aujourd'hui, mais je ne m'y ferai jamais.

Pour Hercule Poirot, Sato avait préparé un petit magnétophone portatif.

— Qu'est-ce que j'ai à voir avec un magnétophone ?

Sato cligna des yeux.

— J'ai la plus grande admiration pour la manière dont vous avez résolu *Le Meurtre de Roger Ackroyd.*

— C'est une vieille affaire qui a déjà plus de quarante ans…

Une petite lueur d'émotion inhabituelle passa sur le visage de Poirot.

— De toutes les affaires que j'ai traitées, ce fut une des plus confuses, mais aussi une des plus passionnantes.

— Est-ce que ce n'est pas la première fois que l'on utilisait un magnétophone dans un roman policier ?

— Si. C'est la première fois dans le monde que quelqu'un a eu l'idée de se servir d'un magnétophone pour se fabriquer un alibi.

Poirot retourna dans tous les sens le petit magnétophone, dernier cri de la technique japonaise, qui tenait dans le creux de sa main.

— Il me plaît beaucoup.

Maigret reçut un briquet à amadou.

— En souvenir de *La Tête d'un homme* ; un soir vous guettiez quelqu'un et vous avez voulu allumer votre pipe : mal vous en a pris !

Maigret eut un petit sourire serein.

— J'avais justement demandé à ma femme de m'en chercher un à Kyôto, mais elle est rentrée en France sans m'en avoir trouvé.

Pour Akechi, il y avait un coffret avec une bonne bouteille de vin et un verre à dégustation.

— Je saisis l'allusion, monsieur Sato : vous avez pensé à *L'Affaire du vampire*.

— Exact. Il y a quarante ans aussi, comme pour M. Poirot. J'avais vingt ans à l'époque quand je l'ai lue. Vous ne pouvez pas savoir à quel point j'étais enthousiasmé…

Il tortilla à nouveau sa fausse barbe et poursuivit :

— Surtout la scène du duel au début était magnifique… ce duel pour l'amour d'une belle, avec deux verres de vin dont l'un contenait un poison mortel… sublime ! Tous les détails sont présents dans ma mémoire. Pour moi, votre nom reste attaché pour toujours à *L'Affaire du vampire*.

— Moi aussi j'ai beaucoup de souvenirs de cette affaire. Ma femme m'avait aidé et nous nous sommes mariés juste après.

Il ferma les yeux quelques instants et reprit sur un ton malicieux :

— J'espère qu'il n'y a pas de poison dans cette bouteille !

Mishima, enfin, reçut deux dictionnaires : un de français et un d'anglais. Et Yuriko un collier de vraies perles pour avoir aidé à la distribution des cadeaux. Toute contente, elle se le passa autour du cou et se dirigea en chancelant vers le sofa. Elle s'y effondra et s'endormit comme une masse, sur le dos.

Mishima, surpris, s'approcha. Elle dormait profondément d'un souffle léger.

— Voilà ce qui arrive quand on s'amuse trop, fit remarquer sentencieusement Sato.

A ce moment-là, Kanzaki descendit. Il jeta un coup d'œil par-dessus ses lunettes noires sur Yuriko Kinjo et se tourna vers Sato.

— Qu'est-ce que vous avez donc offert à Murakoshi ?

— Pourquoi, qu'est-ce qui se passe ?

— Je ne sais pas, mais il fait un sacré chambard dans sa chambre. J'ai l'impression qu'il a jeté quelque chose contre le mur.

— J'y suis peut-être allé un peu fort…

Sato, hilare, sortit un mouchoir de sa poche et le déplia devant tout le monde. Le mouchoir avait la forme d'un gros billet de banque avec la valeur de cent millions de yen imprimée dessus. Sato l'agita tout joyeux.

— Je lui en ai offert trois comme ça !…

5

Yuriko était si profondément endormie sur le sofa qu'ils décidèrent de ne pas la réveiller. Chacun regagna donc sa chambre.

Vers trois heures du matin, le calme de la nuit fut rompu par des coups violents sur une porte. Tout le monde se retrouva bientôt dans le couloir en robe de chambre.

Chaque robe de chambre était le fidèle reflet de la personnalité de son maître : celle d'Ellery Queen était en soie noire unie tandis que celle de Poirot, en soie également, était imprimée de motifs multicolores criards.

Maigret avait un gros peignoir de laine qui n'était pas bien fermé devant tandis que Akechi, au contraire, était impeccable dans le sien tout de velours noir.

C'était Yuriko Kinjo qui tambourinait sur la porte du 406.

— Qu'est-ce qui se passe ? demanda Kanzaki.

— Il ne m'ouvre pas ! fit-elle d'une voix aigre. Je me suis réveillée toute seule sur le sofa en bas, je suis remontée à toute vitesse et il ne m'ouvre pas… J'en ai marre !

— Vous n'avez pas la clé ?

— C'est lui qui l'a.

— C'est bizarre qu'il ait fermé à clé avant que vous ne soyez remontée…

Mishima essaya de tourner le bouton de la porte, mais manifestement le verrou était tiré de l'intérieur.

— J'amène mon passe, fit Sato.

Il revint aussitôt avec un trousseau de clés et après quelques essais la porte s'ouvrit.

La pièce était allumée.

— Mauvais signe, murmura Akechi qui se trouvait à côté de Mishima.

Dans le séjour, il y avait un coin salon avec un canapé et deux fauteuils en cuir très confortables.

Murakoshi était installé dans un des fauteuils. Il avait gardé son déguisement du réveillon : sa belle barbe d'Abraham Lincoln et sa redingote noire.

Avec, en plus, un couteau à cran d'arrêt planté au milieu du dos.

Yuriko Kinjo poussa un hurlement de terreur.

Une fois l'instant de surprise passé, les quatre détectives échangèrent quelques regards et eurent la même réaction.

— Cette fois-ci, il faut prévenir la police.

Le téléphone était dans la chambre à coucher. Mishima s'en chargea.

Quand il revint dans le salon, les quatre hommes, très calmes, étaient en train d'étudier les lieux. Maigret avait sorti son célèbre calepin et y traçait le plan de la pièce. Avait-il gardé de ses années de service actif l'habitude d'avoir toujours son calepin sous la main jusque dans les poches de ses pyjamas ?

La clé était sur la table du salon.

— Et les trois cents millions ! s'écria Sato.

Il se précipita dans la chambre pour revenir presque aussitôt.

— Je ne connais pas la combinaison, fit-il en haussant les épaules.

Akechi eut un petit sourire.

— Si ce n'est que cela, je vous l'ouvrirai tout à l'heure.

— Vous savez forcer les coffres-forts ?

— Je me défends mieux que vous ne le pensez pour ce genre de petits travaux.

Au bout de dix minutes, deux inspecteurs du commissariat de Shibuya se présentèrent.

Un inspecteur en chef d'une cinquantaine d'années aux allures de vieux routier formant équipe avec un tout jeune inspecteur de moins de trente ans. En découvrant Akechi, l'inspecteur en chef ouvrit de grands yeux et demanda :

— Mais n'êtes-vous pas monsieur Kogoro Akechi ? Je m'appelle Yoshimuta : je travaillais au commissariat de Minoura pendant *L'Affaire Kajin Gengi* !

— Oui, je me souviens très bien de vous. Vous étiez un tout jeune inspecteur à l'époque.

— Cela fait un bail ! Avec toutes les années qui passent, j'ai vieilli, c'est normal. Juste après cette affaire j'ai été nommé au commissariat de Shibuya et depuis… je n'en ai pas bougé ! Mais qu'est-ce que vous faites ici ?

Akechi se passa la main dans les cheveux.

— Hum… C'est une longue et étrange histoire…

— Bon, on verra après, voyons d'abord la victime.

Il envoya son jeune collègue dans la chambre téléphoner à l'identité judiciaire et se pencha sur Murakoshi sans toutefois rien toucher. C'était le travail des spécialistes qui n'allaient pas tarder à arriver avec leur matériel. Les trois mouchoirs offerts par Sato étaient éparpillés sur le sol.

— Vous connaissez la victime ? demanda-t-il à Akechi en se redressant.

— Il vaudrait mieux que je vous présente d'abord les personnes qui sont ici. Cela sera plus facile pour vous expliquer après qui est la victime.

En découvrant qu'il avait en face de lui Hercule Poirot, Maigret et Ellery Queen, l'inspecteur Yoshimuta eut l'impression d'être plongé dans un mauvais roman policier : il les dévisagea sans pouvoir y croire, devint tout rouge et bredouilla :

— Mais... mais... pourquoi êtes-vous tous réunis ici ?

Akechi, au lieu de répondre, regarda Sato. Celui-ci, honteux, baissa la tête.

— Il faut parler, n'est-ce pas ?

— Bien sûr, il s'agit d'un meurtre !

— Bon, tant pis.

A contrecœur, il expliqua toute l'affaire. Quand il eut terminé, l'inspecteur Yoshimuta poussa un gros soupir.

— Incroyable !

S'il n'avait pas eu à ses côtés cette brochette de célébrités, il aurait pris Sato pour un mauvais plaisantin.

— Et comment s'appelait votre pauvre cobaye ?

— Katsuhiko Murakoshi.

— J'espère que cette affaire ne va pas être aussi compliquée que celle du « Kajin Gengi ».

— J'ai bien l'impression que si... dit très sérieusement Akechi.

L'inspecteur Yoshimuta regarda encore une fois les grands détectives comme pour s'assurer qu'ils étaient bien là, en chair et en os.

— Avec vous quatre réunis, je suis sûr que ça ne va pas traîner !

6

Les spécialistes de l'identité judiciaire commencèrent à prendre des photos et à chercher des empreintes digitales. Tout ce remue-ménage avait réveillé tout l'immeuble et l'on dut établir un barrage dans les escaliers pour empêcher les autres locataires d'envahir en curieux le quatrième étage.

L'un des policiers, un appareil-photo à la main, dit à l'inspecteur Yoshimuta :

— Le couteau n'a pas pu pénétrer alors que la victime était assise comme ça sur le fauteuil. Il y a des traces de sang sur le tapis : l'assassin a dû asseoir le type après l'avoir tué.

Mishima traduisait au fur et à mesure.

— Moi, j'avais compris tout de suite qu'il n'avait pu être poignardé dans le fauteuil, grommela Poirot entre ses dents, sinon le corps aurait basculé en avant et roulé par terre. La vraie question, c'est de savoir pourquoi l'assassin a éprouvé le besoin d'asseoir sa victime dans le fauteuil après l'avoir tuée ?

— Quelle belle affaire ! commenta Queen en français.

Maigret, les mains croisées dans le dos, tirait sur sa pipe et observait, imperturbable, les méthodes de la police japonaise.

L'inspecteur Yoshimuta, qui s'était à nouveau penché sur le corps de Murakoshi, leva les yeux vers Sato.

— Vous avez une idée de l'identité de l'assassin ?

— Pas du tout. Et puis, je m'inquiète aussi pour mon argent. Est-ce que vous m'autorisez à ouvrir le coffre ?

— Oui, si vous savez comment…

— Moi non, mais M. Akechi…

Ce dernier s'éclipsa une minute et revint de sa chambre avec une toute petite trousse de bricolage.

— Toujours bien équipé, monsieur Akechi ! admira l'inspecteur.

Ils le suivirent tous dans la chambre.

Akechi s'accroupit devant le coffre.

— Je mettrais mes deux mains au feu que le coffre est vide, plaisanta-t-il.

Puis il ouvrit sa trousse sur le plancher ; elle contenait toutes sortes d'outils miniatures : scie, marteau, vrille, pinces, tenailles…

— Oh ! Oh ! Pas mal… fit Maigret en connaisseur.

Akechi avait des doigts de fée ; en moins de dix minutes la porte du coffre s'ouvrit. Il avait vu juste : le coffre était vide… En fait de trois cents millions, même pas un seul petit billet de mille yens !

— Où sont-ils passés ? demanda Sato, le visage complètement décomposé.

Et il commença à fouiller fébrilement la pièce : derrière le coffre, sous le matelas… rien. Blême, il se tourna vers Akechi.

— Monsieur Akechi… où sont mes millions ?

— Moi non plus je n'en sais rien, répondit celui-ci sans pouvoir retenir un léger sourire.

Le regard méfiant de l'inspecteur Yoshimuta allait et venait du coffre vide au visage plein de Sato.

— Il y avait vraiment trois cents millions dans le coffre ?

— Qu'est-ce que vous voulez dire ? hurla Sato. Murakoshi m'a volé mes trois cents millions… enfin je me les suis fait voler, ça revient au même ! En tenant compte de l'appartement et de la Mercedes Benz, il devait lui rester dans les deux cent cinquante millions… Je suis sûr qu'ils étaient dans le coffre !

— L'assassin s'est certainement emparé de l'argent, je vais faire établir des barrages sur les routes.

— Des barrages ? coupa Akechi, et pour quoi faire des barrages ?

— Tout simplement parce que pour transporter trois cents millions, ou même deux cent cinquante, il faut au moins deux grosses valises. L'assassin a dû s'enfuir en voiture, il ne faut pas laisser passer une chance de l'attraper.

— Vous perdrez votre temps.

— Pourquoi ?

— L'assassin ne s'est pas enfui. Il est là, parmi nous. Nous sommes d'accord que c'est bien pour voler l'argent que l'on a tué Murakoshi... Or il n'y a que nous tous, ici présents, qui savions qu'il possédait une telle somme. Donc l'assassin est l'un d'entre nous.

— Moi, je ne savais pas ! protesta énergiquement Yuriko Kinjo. Je ne savais absolument pas qu'il y avait trois cents millions dans le coffre...

— Mais vous étiez quand même très intéressée par son contenu.

Elle baissa la tête et reprit, un peu piteuse :

— Oui, mais il ne m'avait rien dit.

— Naturellement.

Il était impossible de lire sur le visage d'Akechi s'il la croyait ou non.

L'inspecteur Yoshimuta était dans ses petits souliers. Il jeta un regard circulaire et embarrassé sur l'assemblée.

— Même si l'assassin est ici dans cette pièce, je ne peux tout de même pas traiter comme des suspects les plus célèbres détectives du monde...

Mishima traduisit.

— Oh ! s'exclama Hercule Poirot ravi. Moi, Hercule Poirot, suspecté de meurtre !

Cette idée avait l'air de lui plaire beaucoup.

— *Splendid !* s'enthousiasma Queen. Si les journaux américains apprennent que je suis suspect dans une affaire de meurtre au Japon, ça va faire des titres « GROS COMME ÇA » !

— Non, mister Queen, je n'ai pas dit que je vous suspectais, bredouilla Yoshimuta.

— Non, mais vous devriez, parce que pour deux millions de dollars, je ne sais pas ce que je suis capable de faire. Cela me fait un bon mobile. Une des choses étranges, avec l'argent, c'est qu'au-delà d'une certaine somme, on est obligé de suspecter tout le monde, sans exception !

Le visage d'Ellery s'était soudain fait sérieux. Maigret, les mains toujours dans le dos, enchaîna calmement :

— Je suis ici comme n'importe qui d'autre et je n'ai pas besoin de traitement de faveur.

— De même pour moi, fit Akechi en souriant à son ami Yoshimuta. D'autant plus qu'avec mon talent de cambrioleur de coffre-fort, les autres ne font pas le poids à mes côtés…

— Bon, fit l'inspecteur d'une voix un peu raffermie. Je vais continuer selon la procédure normale, mais j'aimerais, à titre personnel, vous demander de me faire profiter de vos conseils si l'enquête piétine.

— Mais nous y comptons bien, répondit Akechi.

Yoshimuta les regarda tous les quatre et respira un bon coup.

— Alors commençons tout de suite. Y a-t-il quelque chose de spécial que vous ayez remarqué ?

Les grands détectives s'observèrent un instant, puis Ellery Queen se lança :

— Où est passé le chapeau haut-de-forme ?

TOUS SUSPECTS !

1

L'inspecteur sursauta.

— Le haut-de-forme !

— Oui, le haut-de-forme. Pendant le réveillon, en bas, Murakoshi était en redingote AVEC un chapeau haut-de-forme. Le chapeau a disparu. J'ai bien regardé il n'est pas dans l'appartement.

— On m'a volé trois cents millions, coupa Sato, vous n'allez tout de même pas vous inquiéter pour un chapeau haut-de-forme !

— Si, justement, la disparition du chapeau m'intrigue beaucoup plus que celle de l'argent.

— Pourquoi ? reprit Yoshimuta en se penchant en avant, impressionné par l'air sérieux de Queen.

— C'est très simple. Tout le monde est d'accord pour dire que l'assassin a emporté l'argent puisque le coffre est vide. Il y avait trois cents millions dedans, ça se comprend. Mais pourquoi le chapeau ? Quand Murakoshi est remonté dans sa chambre, il l'avait, c'est sûr. Cela semble inimaginable que le coupable se soit emparé aussi du chapeau. Et pourtant il l'a fait et le chapeau a disparu ! Je trouve donc tout à fait naturel de me poser la question du chapeau. Avec deux millions de dollars, on peut s'acheter tous les chapeaux du monde… et en plus, un haut-de-forme n'est pas un couvre-chef très discret, je ne vois pas l'assassin se balader en ville avec la signature de son crime enfoncée sur sa tête…

— Mais comment pouvez-vous affirmer que c'est l'assassin qui l'a emporté ?

— C'est justement ce à quoi je suis en train de réfléchir, répondit-il, non sans quelque coquetterie.

Puis il alluma une cigarette et se tut sans qu'on puisse savoir s'il réfléchissait pour de bon ou s'il avait décidé que le moment n'était pas venu de poursuivre l'exposé de ses réflexions.

— Et vous, monsieur Poirot, avez-vous remarqué quelque chose ?

Avant de répondre, celui-ci épousseta soigneusement une petite saleté sur la manche de son peignoir de soie.

— Oui. Le fauteuil.

— Vous voulez dire : pourquoi l'assassin a-t-il assis Murakoshi dans le fauteuil après l'avoir poignardé ?

— Non, fit Poirot en secouant la tête, ça, c'est ce que le jeune inspecteur a fait remarquer tout à l'heure, et Hercule Poirot n'a pas l'habitude de répéter ce qu'ont déjà dit les autres ! Je parle de l'autre fauteuil…

— Je ne vois rien de particulier, répondit l'inspecteur en jetant un coup d'œil sur le fauteuil en question.

— Maintenant non, mais quand nous sommes entrés il était bizarrement déplacé.

— Ce que dit M. Poirot est parfaitement exact, intervint Maigret, moi aussi, en faisant le croquis de la pièce j'ai été frappé par ce détail.

Il lui tendit son petit calepin à papier quadrillé sur lequel il avait grossièrement tracé le plan suivant :

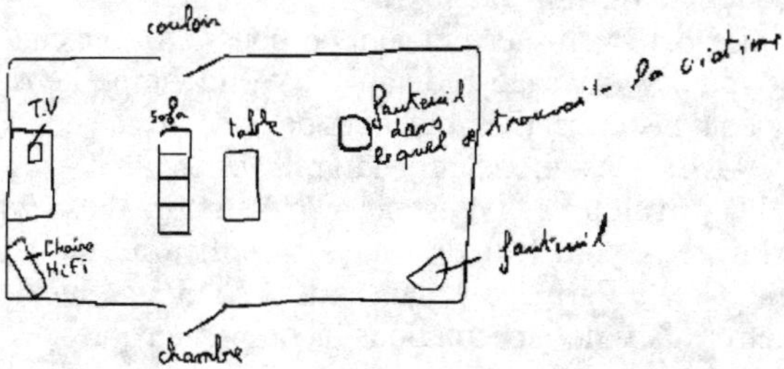

— C'est ça, fit Poirot en désignant le fauteuil marqué d'une croix. Quelqu'un l'a remis à sa place normale, quelqu'un qui était ici.

— Avant que nous arrivions ?

— Non, après, quand nous sommes passés dans la pièce à côté avec M. Akechi.

— Est-ce que quelqu'un a touché au fauteuil ? demanda Yoshimuta.

Silence.

L'inspecteur poussa un soupir et poursuivit :

— Certes, c'est bizarre, mais la victime n'aurait-elle pas pu mettre elle-même le fauteuil dans un coin de la pièce pour quelque raison ?

— Et quelle raison ? ironisa Poirot. Pour regarder la télé ou écouter la stéréo dans de mauvaises conditions ? N'est-ce pas, mademoiselle Yuriko, Katsuhiko Murakoshi n'a pas touché au fauteuil…

— Non.

— C'est évident. Méticuleux comme il l'était, les fauteuils étaient toujours à leur place.

— Il n'empêche que la position du fauteuil ne me semble pas un élément si important…

— Oui, vous avez raison, sembla concéder Poirot, ce n'est pas un élément si important… c'est d'ailleurs pour cela qu'il m'intéresse !

Le pauvre inspecteur nippon poussa à nouveau un soupir : son visage reflétait toute l'incompréhension que lui inspiraient les méthodes des célèbres détectives.

— Et vous, monsieur Maigret ? essaya-t-il.

Il y avait un peu d'espoir dans le timbre de sa voix. Maigret, ayant travaillé dans la police au quai des Orfèvres à Paris, ne se lancerait pas, comme les deux autres, dans des spéculations incompréhensibles.

— Moi, il y a une chose seulement qui me chiffonne : quel est le mobile du crime ?

Il avait parlé très calmement. Il ralluma sa pipe avec le briquet à étoupe que lui avait offert Sato.

L'inspecteur ne poussa même pas de soupir : le coup du « mobile » lui avait coupé le souffle. Le mobile ? Mais tout le monde était bien d'accord là-dessus ! Pensant que Mishima s'était peut-être trompé, il fit retraduire et le mot « mobile » lui revint au visage comme un boomerang.

— Excusez-moi, mais le mobile est évident pour tout le monde : le vol. Il ne peut pas y en avoir d'autre.

Maigret restait imperturbable devant l'embarras de son collègue japonais.

— Oui, en apparence, mais permettez-moi d'avoir quelques doutes.

— Lesquels ?

— D'abord, je m'étonne que le coffre n'ait pas été fracturé ; on a même laissé les clés dessus.

— Je ne vois pas ce que vous voulez dire ?

— Je m'explique. Il n'y a que trois solutions : soit le voleur connaissait la combinaison du coffre, soit c'est un spécialiste comme M. Akechi, soit il se l'est fait ouvrir par Murakoshi en le menaçant. Vous me suivez ?

— Euh… oui, fit le malheureux Yoshimuta qui ne suivait pas du tout et se sentait trahi par la police française.

Maigret sourit.

— Dans les deux premiers cas, il suffisait au voleur de s'emparer de l'argent quand Murakoshi n'était pas là, il n'avait pas besoin de le tuer. Dans cette hypothèse, en refermant le coffre il retardait la découverte du vol. Dans le troisième cas ? En supposant qu'il lui ait fait ouvrir le coffre sous la menace, il n'avait pas besoin de le tuer non plus : il suffisait de l'assommer.

— Et le risque d'être reconnu ?

— Vous imaginez Murakoshi allant se plaindre à la police ?

— Non, mais l'assassin pouvait très bien craindre sa vengeance personnelle.

— Soit, mais alors pourquoi avoir pris la peine de refermer soigneusement le coffre ? Avec un cadavre sur le dos et trois cents millions dans les mains, je vous garantis que la meilleure chose à faire est de filer le plus vite possible !

— Euh… oui… c'est à n'y rien comprendre, avoua Yoshimuta vaincu.

Maigret jeta un coup d'œil sur le cadavre qu'on avait recouvert d'un drap avant de l'emmener pour l'autopsie.

— Il y a quelque chose qui ne colle pas dans cette affaire, poursuivit-il comme pour lui-même. On ne m'ôtera pas de l'idée que le voleur n'avait pas besoin de tuer. La question du mobile reste entière, et du coup ma curiosité aussi…

Il se mit à fredonner :

On ne tue pas les pauvres gens
la la la la pour de l'argent…

Mishima était bien embêté pour traduire, Maigret vint à son secours.

— C'est le refrain d'une chanson de chez nous.

Et il continua :

On ne tue pas les pauvres gens pour de l'argent
On n'assassine pas les types en frac… pour le fric.

2

L'inspecteur Yoshimuta faisait une tête longue comme un procès-verbal en plusieurs exemplaires. Les grands détectives commençaient à lui taper sur le système avec leurs méthodes ridicules : Ellery Queen ne pensait qu'à son chapeau haut-de-forme et Hercule Poirot qu'à la position de son fauteuil ! Quant à Maigret, n'en parlons pas, le célèbre commissaire du quai des Orfèvres, en face d'un cadavre et de la disparition de trois cents millions, ne voyait pas le mobile ! Des mobiles de meurtre, il n'y en avait pourtant pas beaucoup. Son expérience personnelle lui avait appris que l'on pouvait presque toujours les ramener à trois : la peur, le profit ou les femmes. Dans le cas présent, ce n'était pas sorcier, il suffisait de rayer les mentions inutiles ! Il tourna un visage inquiet vers Akechi.

— Et vous, monsieur Akechi, vous n'allez tout de même pas me faire souffrir comme les trois…

— Non, je vais vous laisser travailler tranquillement… pendant quelque temps.

Ils échangèrent un sourire.

— J'aime mieux ça, parce que si vous vous y mettez aussi, je sens que je vais craquer.

Il regarda le petit groupe de ses suspects et camoufla son émotion sous un petit rire enroué : il fallait reprendre l'enquête à zéro après tous ces faux départs.

— Qui a vu la victime pour la dernière fois ?

Après un instant d'hésitation pendant lequel tout le monde s'observa, Kanzaki prit la parole :

— Cela doit être moi… j'ai entendu du bruit dans la chambre, il était à peu près minuit et demi. Comme si l'on avait jeté quelque chose contre le mur. J'ai pensé que Murakoshi devait être furieux à cause de son cadeau de Noël.

— Vous êtes sûr que ce n'était pas un bruit de dispute ?

— Absolument, je n'ai entendu aucun cri, pas d'éclats de voix non plus.

L'inspecteur observa les trois mouchoirs et la boîte en plastique que l'on avait trouvés par terre. C'était certainement cela que Murakoshi avait jeté contre le mur. Donc vers minuit et demi, il était encore vivant…

— Je peux sans doute vous apporter des précisions supplémentaires, fit Sato.

— Comment cela ? Vous avez vu Murakoshi après minuit et demi ?

— Non, je suis remonté dans ma chambre vers une heure comme les autres. Mishima et moi nous nous sommes couchés tout de suite, mais avant de descendre, j'avais mis en marche le magnétophone…

— Quel magnétophone ? s'écria Yoshimuta.

— Hum… j'ai fait installer un système d'écoute dans la chambre de Murakoshi et j'enregistre tout depuis le début sur des bandes spéciales de longue durée. Comme je vous l'ai dit tout à l'heure, mon but n'était pas seulement de découvrir le responsable du premier vol mais aussi de mettre au point une méthode d'investigation moderne et efficace. J'avais l'intention de remettre l'ensemble des documents à la police à la fin de mon expérience.

— Bon… bon…

— Je ne sais pas ce qui a été enregistré, mais si vous le voulez bien, passons dans ma chambre pour écouter la bande.

Ils le suivirent tous sauf Poirot, Queen et Maigret qui restèrent tranquillement assis à bavarder.

Yoshimuta se retourna vers Mishima l'air méfiant.

— Ils ont bien compris que nous allons écouter l'enregistrement de M. Sato ?

— Oui, je leur ai tout traduit.

— Alors pourquoi ne viennent-ils pas ?

— Je n'en sais rien.

Le manque de curiosité des trois étrangers ne manqua pas d'éveiller celle de l'inspecteur.

— Va voir ce qui se passe.

Mishima revint au bout de quelques instants.

— La bande étant en japonais, ils ne comprendront rien ; ils préfèrent rester dans l'appartement de Murakoshi pour réfléchir sur le chapeau haut-de-forme et sur la position du fauteuil.

— Mais comme tu leur traduis tout, je ne vois pas où est le problème !

Yoshimuta fronça les sourcils d'un air soupçonneux.

— Ne cherchez pas la petite bête, fit Akechi malicieux.

— Quelle petite bête ?

— En refusant de venir, ils n'ont pas du tout l'intention de vous offenser. Chez les Occidentaux, tout n'est pas à double ou triple sens comme chez nous. Ils sont très directs sans penser à mal. C'est tout.

— Mais pourquoi ne veulent-ils pas écouter cet enregistrement qui me semble quand même de la plus grande importance ?

— Moi non plus je n'en sais rien, mais vous aurez tout le temps d'y réfléchir après.

— Vous non plus, vous ne venez pas ?

— Mais si, moi je viens… Je suis très curieux de savoir quelles voix nous allons entendre… Allons-y !

Et Akechi posa gentiment sa main sur l'épaule de l'inspecteur.

3

Dans la chambre 405, tous les regards étaient fixés sur le magnétophone et chacun retenait son souffle. Seul Akechi s'était installé un petit peu à l'écart et restait très calme ; il avait allumé une cigarette et regardait la scène avec intérêt. Malgré ce qu'il avait dit à l'inspecteur, il semblait en fait plus intéressé par l'observation du petit groupe de suspects que par l'enregistrement lui-même.

Avec l'air suffisant d'un prestidigitateur qui dévoile un de ses tours, Sato commença par expliquer le fonctionnement de son appareil.

— L'appareil, selon les heures, se met en marche ou s'arrête automatiquement. Vous me permettez de « sauter » les scènes d'amour d'hier après-midi… je mets le compteur tout de suite au moment où Murakoshi est remonté dans sa chambre. Il est à peu près minuit.

Il appuya sur plusieurs touches et régla le volume assez fort. On entendit d'abord seulement le froufrou du déroulement de la bande, puis soudain le bruit d'une porte qui claque.

— C'est Murakoshi qui rentre, commenta Sato.

Ensuite les pas de quelqu'un qui tournait en rond dans la pièce en jurant. « Merde ! Merde ! Saloperie de merde ! » Avec, à chaque fois, le choc d'un objet lancé contre le mur.

— C'est ce que j'ai entendu ! s'écria Kanzaki.

L'inspecteur Yoshimuta fit arrêter la bande.

— Il était bien minuit et demi, n'est-ce pas ?

— Oui.

— Est-ce que quelqu'un peut confirmer ce fait ?

— Vous n'avez pas confiance en moi ? coupa Kanzaki sur un ton agressif.

— Ce n'est pas ça, répondit calmement l'inspecteur sur un ton professionnel. Tout le monde est suspect et je ne peux pas exclure l'éventualité d'un faux témoignage, je dois donc chercher à recouper tous les…

— Moi, je peux témoigner que M. Kanzaki dit la vérité, intervint Akechi, vous pouvez le croire.

— Pourquoi ? Vous avez vous aussi entendu le bruit ?

— Non, puisque à ce moment-là j'étais au rez-de-chaussée avec tout le monde, mais je peux témoigner de l'heure à laquelle Murakoshi est remonté furieux après avoir reçu son cadeau : il était minuit quinze. Donc, lorsque M. Kanzaki dit qu'il a entendu les bruits vers minuit et demi, cela me semble raisonnable. Et comme il était minuit quarante quand il est redescendu nous prévenir…

— Bon, soit, grommela l'inspecteur.

Il défit sa montre et la régla sur minuit et demi afin de suivre la suite de l'enregistrement en temps réel.

« 0 h 40. Murakoshi allume la stéréo. Musique de rock ; il fredonne nerveusement quelques couplets.

« 1 h 10. Arrêt de la stéréo. Il tourne de nouveau en rond dans la pièce.

« 1 h 30. "Mais qu'est-ce qu'elle fout ?"

« 1 h 50. "Qui est-ce ?" … "C'est toi, Yuriko ?" … "Ah !" … Bruit d'un corps qui s'effondre.

« 2 h. Frottement contre le parquet d'un corps que l'on traîne.

« 2 h 05. Bruits de pas.

« 2 h 10. Quelqu'un forme la combinaison du coffre : cliquetis de la recherche des numéros, la clé tourne et la porte s'ouvre lentement. Liasses de billets que l'on enfourne dans un sac.

« 2 h 15. On referme la porte du coffre. Bruits de pas.

« 2 h 17. Etrange bruit de frottement qui se prolonge pendant dix minutes.

« 2 h 30. On sort de l'appartement en refermant doucement la porte.

– Silence –

« 3 h 02. Coups violents frappés sur la porte.

« 3 h 07. La porte s'ouvre, plusieurs personnes entrent dans la pièce. Hurlement de Yuriko.

— Vous pouvez arrêter l'appareil, dit Yoshimuta à Sato.

4

Le visage de l'inspecteur était à la fois pâle et agité comme un cachet d'aspirine effervescent.

— On a donc tué Murakoshi à une heure cinquante. Je vais être obligé de vous demander vos emplois du temps très précis entre 1 h 50 et 2 h 30.

Personne ne répondit. Au bout d'un moment, ce fut Sato qui commença :

— Moi, je dormais.

— Moi aussi, enchaîna Mishima, j'étais épuisé après le réveillon.

— C'est la même chose pour moi, fit Kanzaki.

— Et pour moi bien sûr, conclut Akechi avec un sourire. J'imagine que c'est le cas également pour nos trois amis qui sont restés à côté. Nous étions tous fatigués après la petite fête en bas.

— Et vous, mademoiselle ?

Yuriko Kinjo regarda l'inspecteur avec un air effaré.

— Moi, je dormais dans le hall… Je ne sais pas pourquoi, mais je me suis endormie d'un seul coup… Ce n'est pas moi qui l'ai tué ! Je ne savais pas qu'il y avait trois cents millions dans le coffre ! Quand je suis remontée, il était déjà mort… Tout le monde l'a vu… Ce n'est pas moi !

L'inspecteur Yoshimuta hocha la tête et fit la grimace.

— Si je comprends bien, aucun d'entre vous n'a d'alibi vérifiable pour l'heure du crime.

La déception de l'inspecteur sembla amuser Akechi.

— C'est plutôt le contraire qui serait suspect : si l'un d'entre nous avait un alibi en béton pour une heure pareille !

— J'espérais pouvoir au moins réduire le cercle des suspects ; nous en sommes toujours au même point…

— Nous sommes peut-être tous coupables ?

— ???

L'inspecteur ferma les yeux et se demanda quel nouveau choc allait lui faire subir Akechi.

— Ce n'est pas impossible. Nous avons tous été réunis par M. Sato pour observer Katsuhiko Murakoshi dans une expérience originale, mais rien ne dit que nous ayons joué le jeu… Nous avons pu nous mettre d'accord pour assassiner notre cobaye et nous partager le magot. Quarante millions chacun, ce n'est pas négligeable.

L'inspecteur se vit un instant tout seul au milieu d'une bande de dangereux criminels.

— Ne vous amusez pas à me faire peur ! A part *Le Crime de l'Orient-Express,* je ne connais pas d'autre affaire dans laquelle des gens sans liens entre eux soient tous coupables…

— Vous êtes un grand connaisseur de romans policiers à ce que je vois, complimenta Akechi.

L'inspecteur rougit de plaisir.

— Dans mon métier, c'est un moyen de poursuivre ses études, minauda-t-il en toute fausse modestie.

A ce moment, Poirot, Queen et Maigret entrèrent dans la pièce.

5

— Alors, la bande était intéressante ? demanda Ellery Queen.

« Ah ! ils s'intéressent quand même à l'enregistrement… » pensa Mishima, et il commença à traduire les notes qu'il avait prises sur un petit carnet.

— Une heure cinquante… l'heure du crime a été bien choisie ! Pas mal joué… commenta Ellery.

— Tout à fait dramatique, renchérit Poirot, dramatique et passionnant !

— En quoi est-ce passionnant ? interrogea Mishima.

Poirot jeta un coup d'œil sur l'inspecteur Yoshimuta avant de répondre.

— Les dernières paroles de la victime – « Qui est-ce ? » « C'est toi, Yuriko ? » – me semblent très significatives. Qu'en penses-tu ?

— Euh… fit Mishima pris au dépourvu, on ne sait pas qui est entré à ce moment-là : ça peut être aussi bien Yuriko que n'importe qui…

— Exactement, approuva Poirot, et c'est ça qui est passionnant !

— Euh, oui, sans doute…

Mishima ne voyait pas trop où Queen et Poirot voulaient en venir. C'était justement cette incertitude qui bloquait l'enquête de la police et eux trouvaient ce détail « passionnant » ! Il s'en était fallu d'un quart de seconde que Murakoshi ne crie le nom de son assassin…

Maigret, lui, ne disait rien. Le commissaire français était le seul à se montrer peu bavard.

Voyant tout le monde réuni, l'inspecteur Yoshimuta essaya d'élever la voix.

— Contrairement à MM. Queen et Poirot qui attachent beaucoup d'importance aux problèmes du chapeau et du fauteuil, le plus urgent, à mon avis, est de retrouver l'argent. Je suis persuadé que l'argent nous mettra sur la piste de l'assassin. C'est pourquoi je vais vous demander de bien vouloir me laisser examiner vos chambres. Je commencerai par celle-ci où nous nous trouvons en ce moment.

Personne n'émit d'objection. Il commença donc à fouiller l'appartement de Sato avec l'aide de son jeune subordonné. Tout le monde les regardait faire en silence. Il était presque six heures du matin et dehors il faisait encore sombre.

— Aujourd'hui c'est Noël, dit Sato pour dire quelque chose.

Tout à coup l'électricité fut coupée et la pièce fut plongée dans l'obscurité.

Yuriko Kinjo poussa un cri. On sentit que quelqu'un bousculait les fauteuils et pendant quelques instants régna la plus grande confusion.

— Restez calmes ! cria la voix complètement affolée de l'inspecteur.

— Au secours ! hurla Yuriko.

On entendit la porte s'ouvrir et quelqu'un se précipiter dans le couloir qui était lui aussi complètement noir.

— Mademoiselle Yuriko !

Pour toute réponse, il y eut une explosion formidable avec un éclair près du mur, suivie tout de suite après d'une deuxième détonation à l'autre bout de la pièce.

— Sauve qui peut !

Les conseils avisés de l'inspecteur se perdirent dans le tumulte général.

— Ta lampe-torche, Suzuki ? cria-t-il à son subordonné.

— Je l'ai laissée dans la pièce à côté.

— Imbécile ! Va la chercher !

L'inspecteur Yoshimuta respira un bon coup pour essayer de trouver une idée. Elle vint : son briquet dans sa poche ! Pourquoi n'y avait-il pas pensé plus tôt ? S'accroupissant le plus possible au ras du plancher, il leva un bras en l'air et alluma son briquet (avec ces deux coups de feu, il ne fallait pas prendre le risque d'être transformé en passoire).

Une auréole fragile vacilla au-dessus de la tête de l'inspecteur : tout, autour de lui, semblait étrangement calme. « Mais il n'y a plus personne… » se dit-il, et pivotant sur lui-même tout doucement pour ne pas éteindre sa flamme, il se trouva face à face avec une silhouette épaisse.

— Qui est-ce ?

— C'est moi, Sato.

— Où sont les autres ?

— Ils se sont enfuis.

— Pourquoi êtes-vous resté ?

— J'ai pensé que c'était moins dangereux de ne pas bouger.

Un bruit de pas se fit entendre, Yoshimuta tendit avec inquiétude la flamme de son briquet vers la porte : c'était Suzuki son jeune collègue.

— Et ta lampe ?

— Je ne l'ai pas trouvée ; pourtant je suis sûr de l'avoir laissée sur le canapé.

— Tant pis.

La petite lueur du briquet faiblissait, Yoshimuta fit la grimace.

— Vous savez d'où vient la panne ?

— Non, mais il va bientôt faire jour, il n'y a qu'à attendre.

— C'est ça, attendre, répondit Yoshimuta que le ton décontracté de Sato avait rendu furieux. Vous n'avez donc pas entendu les cris de Yuriko Kinjo !

Il commença à examiner la pièce à la lumière complètement insignifiante que dispensait maintenant son briquet. Il se trouva soudain pris dans le faisceau d'une lampe-torche.

— C'est moi, Mishima, fit la voix derrière la lampe. Je me suis souvenu qu'il y avait une lampe de secours accrochée au mur dans le hall ; je suis allé la chercher.

— Passez-la-moi !

L'inspecteur balaya aussitôt le plancher : le cadavre de Yuriko Kinjo n'était étendu nulle part. Il poussa – pour une fois – un soupir de soulagement. En l'entendant hurler, il avait bien cru qu'il allait se retrouver avec un deuxième crime sur les bras.

Au bout de quelques minutes, une deuxième lampe-torche apparut.

— C'est moi, Akechi. Je me suis permis d'emprunter votre lampe.

Un peu aveuglé par le rond lumineux et inquisiteur que l'inspecteur braquait sur son visage, Akechi souriait. Yoshimuta essaya de faire bonne figure.

— Ah ! c'est vous notre « voleur » !

— Dès que l'électricité a été coupée, je suis allé prendre la lampe sur le canapé du 406.

— Pourquoi n'êtes-vous pas revenu tout de suite ici ?

Il y avait une nuance de reproche dans la question. Akechi se passa la main dans les cheveux.

— J'ai pensé qu'il fallait d'abord rétablir le courant ; je suis donc descendu au sous-sol chercher le transformateur. Je savais bien qu'il n'y avait rien à craindre ici.

— Rien à craindre ici ! Et les coups de feu ? Et les cris de Yuriko ?

— Oui, bien sûr, mais les jeunes filles crient dans le noir si on leur pince les fesses… quant aux explosions, ce n'étaient pas des coups de feu. Je connais bien l'éclair qui suit la détonation d'un pistolet… là on nous a balancé deux pétards inoffensifs contre le mur. Est-ce que vous avez trouvé le cadavre de Yuriko ?

— Euh… non, reconnut presque à contrecœur Yoshimuta. Mais si vous avez raison, à quoi rime toute cette mise en scène ?

— *This is* NOT *élémentaire, mon cher Watson*, plaisanta Akechi.

L'inspecteur Yoshimuta encaissa tout en se sentant envahi d'une rage rentrée. Akechi était bien comme les trois autres : plus une affaire était embrouillée, plus il y prenait un malin plaisir.

Le jour s'était presque levé, Sato tira les rideaux et une lumière pâle pénétra dans la pièce.

— Monsieur Akechi a raison ! s'écria Suzuki en tendant à son chef des morceaux de carton calcinés. C'étaient des pétards !

— Bon, bon, ça va, coupa sèchement l'inspecteur.

Que signifiait cette sinistre plaisanterie ? Pourquoi cette fausse alarme ?

Petit à petit, tous ceux qui avaient disparu réapparurent.

Kanzaki s'était précipité dans sa chambre et était resté caché sous son lit jusqu'à ce qu'il fasse jour :

Poirot, Queen et Maigret déclarèrent qu'ils avaient aussi regagné leurs chambres respectives. (Mais comment vérifier ?)

Seule Yuriko Kinjo restait invisible.

6

— Est-ce que quelqu'un l'a vue ?

Silence.

Le cri perçant qu'avait poussé Yuriko Kinjo dans le noir remonta le long de la moelle épinière de l'inspecteur jusque sous son crâne où il éclata en une grosse migraine.

Sueurs froides.

— Cherchons-la ! cria-t-il à Suzuki.

Ils se mirent tous à sa recherche. Même Sato s'était décidé à remuer sa grosse carcasse et arpentait le couloir.

A chaque étage du *New Shibuya,* il y avait un vide-ordures directement relié à un incinérateur automatique au sous-sol. Pour des raisons esthétiques, le système était installé dans un recoin à angle droit tout au bout du couloir. C'est là que le jeune inspecteur Suzuki découvrit le corps de Yuriko Kinjo. Persuadé qu'elle était morte, l'inspecteur Yoshimuta sentit tout tourner autour de lui. En fait, elle n'était qu'évanouie et respirait doucement.

— Chef, regardez ! cria Suzuki.

Encore sous le choc de la découverte de Yuriko, ils n'avaient pas vu les grosses liasses de billets de banque étalées sous elle. Suzuki se pencha.

— Ce sont des billets de dix mille ! Il y en a au moins pour un million !

— Calme-toi, fit Yoshimuta réfrénant l'enthousiasme de son jeune collègue. Un million c'est beaucoup mais ce n'est qu'un trois cent millième du magot…

Ils transportèrent Yuriko toujours inanimée sur le canapé de la chambre 405. Suzuki resta à ses côtés tandis que Yoshimuta réunissait tout le monde autour du vide-ordures.

Il tendit une liasse à Sato.

— Ce sont bien les vôtres ?

Sato examina les billets avec émotion.

— Absolument. D'ailleurs la bande porte le sceau du responsable de la banque qui me les a préparés.

— Bon, c'est déjà un point d'acquis.

— Mais qu'est-ce qu'ils font ici ?

— Hum… fit l'inspecteur en prenant un air de profonde réflexion, n'était-elle pas en train d'essayer de se débarrasser de l'argent en le jetant dans le vide-ordures ?

— Mais il faut être fou pour brûler une telle somme ?

— Pas forcément, s'il se sent traqué, le criminel est prêt à sacrifier n'importe quoi pour se sauver luimême…

— S'il se sent traqué…

— Avec cette panne de courant inespérée juste au moment où j'annonçais que j'allais fouiller les chambres, c'était une occasion unique de faire disparaître toute trace du vol…

— Vous pensez donc sérieusement que Yuriko Kinjo est coupable ?

— Ne me faites pas dire ce que je n'ai pas dit : elle a très bien pu surprendre le voleur, il l'aura assommée avant de prendre la fuite. Son état ne semble pas grave et elle va bientôt pouvoir nous dire ce qui s'est exactement passé.

— Oui… à supposer qu'elle dise la vérité… fit Sato incrédule. Je m'inquiète pour mon argent. Ne pourrions-nous pas aller voir tout de suite en bas ?

— Bien sûr, moi aussi je veux savoir.

L'ascenseur ne fonctionnait toujours pas à cause de la panne de courant. Ils descendirent donc à pied, l'inspecteur Yoshimuta en tête.

L'incinérateur en briques réfractaires était allumé et ronflait. L'inspecteur ouvrit la porte avec le tisonnier : une bouffée d'air brûlant envahit le local. Puis il fit reculer tout le monde, sortit les cendres incandescentes et les étala sur le sol. Mishima jeta un seau d'eau dessus : des nuages de vapeur s'élevèrent en crépitant. Chacun observait en silence le tas de cendres toutes noires en se tenant à une certaine distance, mais Ellery Queen soudain s'approcha, saisit directement à la main un débris calciné et le brandit joyeusement.

— C'est le rebord du chapeau haut-de-forme ! Qui avait raison de s'inquiéter du chapeau ?

Au fur et à mesure que Mishima traduisait, l'inspecteur Yoshimuta hochait la tête d'un air indifférent. Que le chapeau haut-de-forme se soit retrouvé dans le vide-ordures, c'était un fait. Soit. Mais la vraie question restait celle des trois cents millions.

— Et ça ? demanda Sato en tapotant l'épaule de l'inspecteur.

En farfouillant avec le tisonnier, il avait fait apparaître un bloc rectangulaire tout noir qui semblait bien être une liasse de billets. Puis un second, un troisième et ainsi de suite : en un rien de temps, ils formaient un gros tas impressionnant.

— On dirait bien vos billets, balbutia Yoshimuta, mais nous ne serons fixés qu'après l'expertise des spécialistes de la Banque du Japon.

7

Quand ils remontèrent au cinquième étage, Yuriko Kinjo avait repris connaissance.

— Vous pouvez nous expliquer ce qui s'est passé ? lui demanda Yoshimuta en se penchant au-dessus d'elle.

— J'ai encore la tête qui tourne, grimaça-t-elle, mais moi non plus je ne sais pas ce qui s'est passé…

— Vous vous souvenez au moins que vous avez hurlé quand le courant a été coupé.

— Oui, je me suis sentie agrippée par les épaules.

— Par qui ?

— Je n'en sais rien, il faisait tout noir.

— Et après ?

— On venait de tuer Katsuhiko, alors j'ai pris peur et je me suis précipitée dans le couloir mais il faisait tout noir aussi. J'étais complètement désorientée quand quelqu'un m'a appliqué de force par-derrière un mouchoir sur la bouche et sur le nez. Il y avait une drôle d'odeur : je me suis évanouie instantanément. Après je ne me souviens de rien…

— On vous a fait respirer de l'éther. Vous ne vous souvenez pas être allée au vide-ordures ?

— Non, pas du tout. Le jeune inspecteur m'a dit pour l'argent qui était sous moi, je n'y comprends rien.

— Vous n'avez aucune idée de l'identité de votre agresseur ?

— Non, il faisait trop noir. Je suis à peu près sûre que c'était un homme, mais comme de toute façon j'étais la seule femme, cela ne vous avance pas à grand-chose…

Elle se souleva légèrement et ouvrit de grands yeux tout ronds.

— L'assassin a essayé de me faire passer pour la coupable !

— Oui, peut-être… fit l'inspecteur sans grande conviction.

Il l'avait tout d'abord jugée sans cervelle : une minette comme beaucoup d'autres, mannequin de mode qui dansait le rock tous les soirs et couchait facilement… Il s'était trompé, elle était plus intelligente qu'elle n'en avait l'air. Sans céder à son charme et en gardant un regard strictement professionnel, il devait reconnaître qu'elle était loin d'être bête.

Il se tourna brusquement vers Suzuki et lui lança sévèrement :

— Alors, qu'est-ce que tu attends pour te remettre au travail ?

— …

— Oui, la fouille des chambres interrompue par la panne, allez, au boulot !

8

Ils passèrent toutes les chambres au peigne fin les unes après les autres, y compris celles des grands détectives. En pure perte. Rien : aucun indice des trois cents millions nulle part.

L'inspecteur Yoshimuta, le visage défait, réunit à nouveau tout le monde au 406.

— Comme vous pouvez le constater, nous n'avons rien trouvé. Rien à part le million près du vide-ordures et…

Il ne put s'empêcher de jeter un coup d'œil piteux sur Daizo Sato.

— … et les cendres au sous-sol, enchaîna celui-ci. Vous êtes sûr que c'est mon argent ?

Yoshimuta se tourna vers les détectives.

— Qu'en pensez-vous ? Se sentant acculé, le voleur a-t-il voulu se débarrasser de l'argent quitte à le brûler ?

— Non, affirma Ellery Queen avec un sourire assez mondain, les cendres ne sont que du papier ordinaire, c'est évident. Il s'agit d'une fausse piste grossière.

— C'est aussi mon avis, dit simplement Maigret sans faire de commentaire.

Poirot lissa d'abord ses moustaches.

— Croyez-en Hercule Poirot : ce ne sont pas de vrais billets ! On ne jette pas au feu trois cents millions que l'on vient de se procurer en prenant de gros risques ; cela ne correspond pas du tout au profil psychologique du coupable.

— Je suis d'accord, fit Akechi. Jusqu'à maintenant, le coupable s'est montré remarquablement intelligent tout en n'hésitant pas à tuer… je ne l'imagine pas brûlant tout précipitamment. Comme l'a dit M. Queen, je crois que ce sont des liasses de papier journal découpées à la taille de billets de banque.

— Mais alors où sont passés les vrais billets ? Nous avons fouillé partout !

— C'est votre manière de chercher qui est mauvaise, continua Akechi, j'ai ma petite idée là-dessus…

— Que voulez-vous dire ? Où sont-ils ?

— Ne soyez pas si pressé ; là où je crois qu'ils sont, ils ne s'envoleront pas. Les experts vont bientôt arriver, n'est-ce pas ?

— Oui, Suzuki a téléphoné. La Banque du Japon nous envoie deux spécialistes. Il paraît que quel que soit l'état des cendres, ils pourront nous dire avec certitude s'il s'agit de vrais billets ou non.

— Je vous dirai donc après à quoi je pense. Si ce sont de vrais billets, je ne veux pas prendre le risque de me tromper.

Mais on pouvait lire sur son beau visage lisse la certitude tranquille que les billets étaient faux.

Il était un peu plus de neuf heures quand les deux spécialistes de la Banque du Japon arrivèrent avec leur matériel. On redescendit au sous-sol. Tout le monde forma un cercle autour des deux hommes qui, penchés sur le tas de cendres, examinaient soigneusement un par un les débris calcinés. C'était un travail d'une grande minutie : les deux hommes accomplissaient leur tâche impassiblement, marmottant seulement entre eux de temps en temps.

Il leur fallut plus de deux heures pour passer en revue toutes les liasses.

— Est-ce que vous pouvez conclure ? demanda Yoshimuta la gorge nouée.

La tension n'aurait pas été plus grande si les billets avaient été les siens. Les autres étaient aussi anxieux que lui. Un ange passa. Le plus âgé des deux experts se releva et dit d'une voix neutre :

— Je suis en mesure de vous confirmer que les débris ici présents sont de vrais billets. Aucun doute n'est possible. Il y en a à peu près pour deux cent soixante millions de yen. Mais dans cet état de combustion, la Banque du Japon ne peut pas accepter de les échanger.

9

Un murmure parcourut l'assistance. Le choc était terrible pour les quatre grands détectives et ils faisaient peine à voir.

— Je ne peux pas y croire ! fit Ellery Queen.

Il s'était mis à trembler légèrement de tous ses membres : il prit son lorgnon et commença à l'astiquer machinalement avec son mouchoir.

— Moi non plus, renchérit Hercule Poirot complètement découragé. L'assassin ne se sentait pas menacé à ce moment-là… Je ne peux pas imaginer le mobile psychologique qui a pu le pousser à une telle folie… ou bien alors les Japonais ont une mentalité tout à fait extraordinaire…

Il poussa une sorte de gémissement.

— Sera-t-il dit que Hercule Poirot aura été mis en échec dans ce pays ?

Maigret, les deux mains enfoncées dans ses poches, se mit à pester contre lui-même.

— Je n'aurais pas dû sous-estimer l'adversaire !

Akechi, comme d'habitude, se passa la main dans les cheveux.

— Sommes-nous en présence d'un fou ou d'un être au sang-froid extraordinaire ?

Sa voix était claire, seul son visage avait légèrement blêmi.

— Excusez-moi, demanda-t-il aux deux experts, est-ce que je pourrais voir vos papiers ?

— Bien sûr, firent-ils sans avoir l'air le moins du monde vexés.

Ils lui tendirent leurs cartes d'identité. Akechi les observa puis les leur rendit en baissant la tête.

— Merci. Le résultat de votre expertise est tellement incroyable que j'ai eu un soupçon absurde.

— Mais c'est tout à fait naturel, répondit aimablement l'expert le plus âgé. Pour nous aussi, seul un fou peut s'être amusé à brûler une somme pareille.

Après leur départ, plus personne n'eut envie de parler et un silence pesant régna pendant de longues minutes.

Daizo Sato, furieux, se mit à tourner en rond autour du tas de cendres. Il s'arrêta soudain devant l'inspecteur Yoshimuta.

— C'est de votre faute, si vous aviez été moins sûr de vous ! « Je vais vous les retrouver, vos trois cents millions... » Vous étiez fier de vous... Eh bien ! les voilà mes trois cents millions : de la paperasse calcinée ! Qu'est-ce que vous comptez faire ?

— Je... je suis désolé, je n'avais pas prévu que cela tournerait ainsi... Je me suis trompé, reconnut Yoshimuta que la honte défigurait.

Le fait que les quatre détectives aient été eux aussi mis en échec n'arrivait même pas à le consoler. Si seulement il pouvait tenir le coupable !

Kanzaki et Mishima étaient comme prostrés.

— J'aurais mieux fait de surveiller d'abord l'argent et ensuite Murakoshi, rien ne serait arrivé…

Il jeta un coup d'œil sur Sato ; celui-ci détourna la tête.

Au bout d'un moment, Mishima perdu dans la contemplation des cendres murmura comme pour lui-même :

— Il y a vraiment trois cents briques là-dedans ?

Yuriko Kinjo, accroupie devant l'incinérateur, remuait les liasses à pleines mains et répétait les larmes aux yeux :

— C'est pas vrai… mais c'est pas vrai ! Dire que s'il m'en avait parlé franchement, nous aurions pu en profiter tranquillement !

Les quatre détectives, chacun dans leur coin, reprenaient petit à petit le dessus.

Ellery remit son monocle qui ne risquait plus de tomber, alluma une cigarette et se mit à réfléchir calmement.

Il s'était trompé : le petit tas de cendres devant lui était là pour le lui rappeler douloureusement.

Mais à quel moment dans son raisonnement s'était-il trompé ? Est-ce qu'il n'avait pas suffisamment tenu compte de la mentalité japonaise ? – Il hocha la tête. – Non. Il ne croyait pas trop à la psychologie des peuples ; les êtres humains dans le monde entier n'étaient pas si différents les uns des autres. N'avait-il pas résolu de nombreuses affaires très compliquées en Amérique, ce pays du *melting-pot*, où se retrouvent toutes les races ? D'ailleurs Akechi s'était trompé tout comme eux ; alors ! la « mentalité japonaise »…

N'empêche que le voleur avait bel et bien brûlé « sans compter » deux cent soixante briques !

Avec quarante millions pour l'appartement et la voiture, le total était bon.

Le coupable était-il devenu fou ? Impossible.

Mais quoi alors ? Les crimes les plus « fous » de sa carrière de détective lui revinrent à l'esprit.

Dans *The Chinese Orange Mystery,* l'assassin avait retourné les habits de sa victime et tout mis à l'envers dans la pièce avant de s'enfuir, mais il n'était pas fou, au contraire. De même les quatre cadavres décapités et crucifiés du *Mystère des trois croix* n'étaient pas l'œuvre d'un fou… De même pour le suicide du *Mystère de l'éventail japonais* : la jeune femme avait été sauvagement égorgée mais en même temps un oiseau enfermé dans une cage avait été libéré. Ce geste, marque d'un cœur sensible, contredisait la cruauté du crime, c'est pourquoi Ellery avait été amené à envisager l'hypothèse d'un suicide.

« Il faut d'abord deviner le motif général du crime comme dans un puzzle », se dit-il, et ensuite tous les éléments dispersés qui semblent relever de la folie pure viennent prendre place dans un ensemble cohérent.

Tout s'était éclairci dans *L'Arche de Noé* quand il avait compris que le « motif » était la théorie de l'évolution darwinienne. Le criminel avait commencé par tuer des grenouilles, puis des chiens, avant d'assassiner un homme en suivant le processus général de l'évolution. Cette fois-ci, quel était le motif caché dans le tableau ?

Hercule Poirot était furieux contre lui-même. Il ne se pardonnait pas d'avoir montré quelques instants de faiblesse. Le geste du voleur jetant les billets au feu l'avait complètement pris au dépourvu. Il s'agissait certainement d'une manœuvre pour jeter un voile de mystère sur le crime… et l'assassin se cachait derrière ce voile ! Mais Poirot ne croyait pas aux mystères, pas plus qu'il ne croyait aux crimes absurdes. Donc en raisonnant avec logique, on devait pouvoir reconstituer toute l'affaire… « On », ou tout au moins « moi », Hercule Poirot !

Le coupable du *Meurtre de Roger Ackroyd* s'était habilement dissimulé derrière le narrateur… Hercule Poirot l'avait démasqué !

Dans *Le Meurtre de l'Orient-Express,* les quatorze suspects avaient tous un alibi tellement parfait qu'un détective ordinaire aurait renoncé mais Hercule Poirot n'était pas un détective « ordinaire » : quatorze alibis parfaits, c'était un défi à la logique… donc les quatorze suspects étaient tous coupables !

C'était la même chose avec ces trois cents millions. Si Hercule Poirot faisait travailler ses cellules de matière grise, aucun problème n'était insoluble.

Maigret, lui, la pipe à la bouche, pensait à une vieille affaire qui remontait à une trentaine d'années : *La Tête d'un homme*. Ou plus exactement, il pensait à Radek, le jeune assassin.

Cet étudiant en médecine, d'origine tchèque, lui avait lancé un défi alors même qu'il se savait traqué. Il avait tué sans raison, uniquement pour prouver au monde son génie. Un petit peu comme Raskolnikov dans *Crime et Châtiment.*

Dans la société moderne qui développe à l'extrême le sentiment d'aliénation, les criminels comme Radek ou Raskolnikov sont inévitablement de plus en plus nombreux.

Maigret ne connaissait pratiquement rien sur le Japon, mais depuis le début de son séjour il avait pu se rendre compte par lui-même que le pays avait un très haut niveau d'industrialisation et d'informatisation. Avec le deuxième produit national brut mondial, il était clair que la société japonaise était toujours sous pression et que la compétition individuelle y était acharnée. C'était un système qui devait produire également de nombreux frustrés pleins de rancœur rentrée parce que leurs talents n'étaient pas reconnus. Les vieux étaient sans doute résignés, mais les jeunes, eux, reportaient certainement leur colère et leur haine sur la société. Combien étaient-ils les Raskolnikov et les Radek japonais ?

Trois cents millions de yens et les quatre plus célèbres détectives du monde, c'était un plateau fabuleux. Un bon petit crime par-dessus, et l'on était sûr d'avoir tous les médias japonais braqués sur soi. C'était pour montrer au monde son génie que le coupable avait tué… Un crime gratuit en quelque sorte… défi à la société, aux flics, aux grands détectives… Dans cette perspective, on pouvait comprendre le gaspillage inouï d'une telle fortune : simplement pour semer la confusion et se griser de son propre génie. Cela n'avait pas de prix.

Il y avait à ses côtés quatre suspects : Sato, Kanzaki, Mishima et Yuriko Kinjo.

Sato était trop vieux pour faire un Raskolnikov crédible. Les trois autres étaient jeunes et intelligents.

On ne pouvait pas exclure Yuriko sous prétexte que c'était une femme depuis que Mme Sartre avait prouvé que les femmes aussi avaient la tête philosophique… Avec ces trois-là, tout était possible. Que pouvait cacher ce don pour les langues du jeune Mishima ? Kanzaki, « l'ami intime » de M. Sato, devait avoir de la colère rentrée de domestique pauvre. Yuriko était mignonne certes, mais elle n'était qu'un mannequin de troisième catégorie… elle devait, elle aussi, rêver d'un autre destin.

Un de ces jeunes était-il l'héritier de Raskolnikov et de Radek ?

Kogoro Akechi ne pouvait, lui non plus, s'empêcher de revoir des fragments de son passé glorieux. Le choc des millions réduits en cendres avait été dur à encaisser. Le coupable était fort. Très fort. Mais il lui manquait cette classe extraordinaire qui faisait le charme d'Arsène Lupin dans le *Masque d'or.* Ce nouvel adversaire n'arrivait pas à la cheville du célèbre gentleman-cambrioleur français… et pourtant Arsène Lupin avait dû s'incliner devant lui, Kogoro Akechi, le jeune détective japonais…

Le meurtre de Murakoshi n'avait pas comme celui de *L'Affaire Kajin Gengi* la beauté trouble des crimes passionnels. La belle Yumiko Odahara, qui avait le visage d'un ange, avait tué son amant par passion sans avoir conscience de faire le mal. En tuant, elle avait porté son amour à la perfection. Comparé à elle, l'assassin flambeur de millions ne faisait pas le poids.

Encore un peu de patience, il n'allait pas tarder à se manifester…

DANS L'IMPASSE

1

L'inspecteur Yoshimuta trépignait de rage. Par quelque bout que l'on prenne l'enquête, il n'y avait qu'une seule certitude : il avait complètement perdu la face. S'il n'arrêtait pas rapidement le coupable, l'honneur de la police japonaise allait en prendre un sacré coup à cause de lui… Pour l'instant, plus il cherchait à comprendre et plus il pataugeait. Il ne manquait pourtant pas de suspects qu'il tournait et retournait mentalement dans tous les sens.

Goro Kanzaki était plutôt antipathique avec sa barbe de hippy mal rasée et ses éternelles lunettes de soleil.

Le jeune Mishima avec ses petits airs de traducteur fidèle n'était pas clair non plus. Il faut se méfier de l'eau qui dort et il avait très bien pu lui aussi se laisser tenter par les trois cents millions.

Yuriko Kinjo, elle, était suspecte avec sa manie de toujours clamer son innocence. On ne pouvait pas exclure l'hypothèse qu'elle ait elle-même monté de toutes pièces la grande scène dans le couloir et jeté le mouchoir imbibé d'éther dans le vide-ordures juste avant de s'évanouir.

Les soupçons pouvaient tout aussi bien se porter sur Daizo Sato. Il avait organisé cette « expérience » soi-disant pour aider la police.

Admettons-le. Mais s'il avait pris peur en cours de route et tué Murakoshi pour récupérer son argent ?

Kogoro Akechi était bien sûr intouchable et insoupçonnable. Pouvait-on en dire autant des trois étrangers ? Malgré leur renommée internationale, l'inspecteur ne pouvait pas s'empêcher de se méfier d'eux. Avec le taux du yen, le jackpot représentait la bagatelle de deux millions de dollars… Alors tout ce tapage autour de broutilles comme la place du fauteuil ou la disparition du chapeau n'était peut-être qu'une grossière manœuvre pour embrouiller la police japonaise !

L'inspecteur Yoshimuta croisa les bras et leva les yeux au plafond.

Un petit peu avant midi, les journalistes commencèrent à envahir le *New Shibuya.* La « nouvelle » s'était répandue comme une traînée de poudre et toutes les chaînes de télévision étaient là, prêtes à filmer en direct. Il y avait au moins trois fois plus de reporters, de photographes et de cameramen que pour un crime « ordinaire » : ils se pressaient et se bousculaient par dizaines dans le hall de réception qui était trop petit pour les accueillir tous. La frénésie collective des médias était bien compréhensible : entre les millions calcinés, le crime et la présence des quatre grands détectives, il y avait de quoi faire plusieurs gros titres en première page !

Au début, une lutte sauvage s'engagea entre les différents groupes rivaux pour essayer d'obtenir une interview exclusive de Daizo Sato ou des détectives.

Pour rétablir le calme, on décida de donner une conférence de presse générale dans le hall. La meute des journalistes toujours accrochée aux basques des policiers dans ces cas-là, se rua sur les « vedettes », laissant un peu de répit à l'inspecteur Yoshimuta. Celui-ci décida de remonter dans l'appartement pour réfléchir tranquillement.

Avant même qu'il ait eu le temps de remettre un peu d'ordre dans ses idées, le jeune inspecteur Suzuki vint lui annoncer qu'il avait découvert l'origine de la panne d'électricité.

— C'était un coup monté, n'est-ce pas ?

La question de l'inspecteur n'en était pas une : cette panne de courant providentielle, juste au moment où il s'apprêtait à fouiller les chambres, était trop belle pour être accidentelle.

L'inspecteur Suzuki fit un petit signe négatif avec la tête, d'un air gêné.

— Excusez-moi, mais il semble bien que ce soit une panne accidentelle.

— Quoi ? Une panne du transformateur du quartier ?

— Non, la coupure de courant n'a touché que l'immeuble.

— Alors qu'est-ce que tu appelles une panne « accidentelle » ?

— C'est complètement idiot, mais c'est une séance de photos de nus au cinquième étage, juste au-dessus, qui a tout déclenché…

— Une séance de photos de nus !

— Oui. Les intéressés vous attendent là-haut.

— Et quel est le lien entre une séance de photos de nus et une panne d'électricité ?

— C'est une question de projecteurs. Il paraît qu'il faut beaucoup de lumière pour ce genre de photos.

Dans la journée ça va parce que personne n'utilise l'électricité, mais la nuit, il y a toujours des chambres éclairées. Ils ont fait sauter tous les fusibles. J'ai vérifié au sous-sol : ça a l'air exact.

— Qu'est-ce que c'est encore que cette histoire ?

« Cet immeuble est hanté ! » se dit l'inspecteur en montant péniblement les marches qui menaient au cinquième… Une séance de photos de nus ! Il ne manquait plus que ça !

Dans l'appartement 505, trois hommes autour de la cinquantaine et deux jeunes filles l'attendaient sagement.

Plusieurs projecteurs de trois cents ou trois cent cinquante watts étaient installés en batterie, des fils électriques et des cordes traînaient par terre et tout un attirail d'appareils-photo et de trépieds était entassé dans un coin.

— Qui est l'organisateur de cette petite fête ? demanda Yoshimuta.

— C'est moi, fit l'un des trois hommes en se levant, je suis le propriétaire de cet appartement, je m'appelle Sakanichi.

Il était assez grand et portait des lunettes à grosses montures noires qui lui donnaient un air sérieux. Il tendit sa carte de visite.

Papeteries industrielles Izaki Corporation
Eichi Sakanichi
Directeur

L'homme avait donc un très bon poste dans une grande entreprise.

— Nous sommes désolés de vous avoir dérangé dans votre enquête, poursuivit-il en inclinant la tête.

— Bon ça va, bougonna l'inspecteur, expliquez-moi plutôt ce qui s'est exactement passé.

— Mes deux amis partagent mon goût pour la photo et ces deux jeunes filles avaient accepté de nous servir de modèles. Ce ne sont pas des mannequins professionnels, dans la journée elles travaillent dans un grand magasin de Ginza.

— Vous faites toujours vos petites séances la nuit ?

— Pas toujours, mais vous savez, nous sommes tous très pris par nos métiers, alors quand nous voulons faire un peu de photo, c'est presque automatiquement le soir. En fait, hier soir, nous n'avions pas prévu de nous réunir…

— C'est-à-dire ?

— Oui, il y avait le réveillon en bas. Après la fête, je suis remonté avec l'intention de me coucher quand ils m'ont téléphoné – il désigna ses deux amis avec un petit sourire – pour me dire qu'ils avaient trouvé deux modèles et me proposer une réunion impromptue. Comme je n'avais rien contre, j'ai tout de suite accepté.

— A quelle heure avez-vous commencé ?

— Vers une heure du matin. Par souci de discrétion, ils sont tous montés par l'escalier de secours. Nous aurions mieux fait de prendre des précautions pour éviter la panne de courant.

— Et comment se fait-il que la panne se soit produite à six heures du matin si vous avez commencé vers une heure ?

— Au début, nous avons fait attention en utilisant les projecteurs, mais à la fin, nous avons voulu prendre aussi des photos en couleurs. Vous savez sans doute qu'il faut beaucoup plus de lumière pour la couleur. Nous nous sommes dit qu'à cette heure-là, le compteur tiendrait le coup. Nous avons branché tous les spots ensemble et les fusibles ont sauté. C'est tout.

Ses explications tenaient debout d'autant plus que ce genre de passe-temps était assez répandu chez les *salary men* d'un certain âge.

— Et ces cordes, qu'est-ce que c'est ? demanda naïvement l'inspecteur.

Sakanichi baissa la tête l'air ennuyé ; les deux filles se regardèrent en gloussant.

— Euh… ce sont des accessoires, fit-il avec un petit sourire forcé.

— Des accessoires de quoi ?

— … Les photos de filles ligotées sont à la mode et nous avons voulu essayer… Cela donne du cachet aux photos…

— Oui, mais ça fait mal ! minauda une des filles qui n'avait pas l'air très futé. Ils ont tellement serré que j'en ai encore les marques !

Elle releva sa manche et montra son coude.

— Je peux rentrer chez moi, monsieur l'inspecteur ? Si je ne prends pas rapidement un bain bien chaud, elles ne vont plus partir.

2

— Qu'en penses-tu ? demanda Yoshimuta à son jeune collègue une fois qu'ils furent redescendus au 406.

— C'est lamentable.

— Quoi « lamentable » ?

— Que le directeur d'une grosse boîte aussi connue que la *Izaki Corporation* passe ses nuits à faire des photos pornographiques.

— Imbécile, je m'en fiche de leur histoire de fesses. Je te demandais ce que tu pensais de leurs explications. Tu crois qu'ils nous ont menti ?

— Non, sinon ils auraient cherché à cacher leurs petites activités.

— Ce sont eux qui t'en ont parlé les premiers ?

— Oui. J'étais dans le couloir et Sakanichi est venu me dire que c'était lui qui avait fait sauter les fusibles.

— Ah ! bon…

L'inspecteur se sentit encore une fois ramené à la case départ. Il croisa les bras et poussa un profond soupir.

La conférence de presse était terminée. Les grands détectives entrèrent tous les quatre ensemble.

L'inspecteur ferma les yeux une demi-seconde : ils lui donnaient maintes occasions de soupirer, mais jamais le temps de souffler !

— On dirait que vous avez trouvé la cause de la panne de courant, fit Akechi en le regardant.

— Comment le savez-vous ?

— Mon petit doigt me dit tout… Alors ?

Yoshimuta avala sa salive et commença à expliquer :

— C'est une histoire incroyable…

Au fur et à mesure qu'Akechi traduisait, Poirot, Maigret et Queen échangeaient des regards amusés : cette panne pour cause de nus, c'était quand même quelque chose !

— La panne semble donc vraiment accidentelle, conclut d'une voix faiblarde Yoshimuta. Qu'en pensez-vous ?

— A mon avis, ce n'est pas si important, déclara Queen. La question n'est pas de savoir si la panne est accidentelle ou non, mais de comprendre ce qu'elle a signifié pour le coupable ; je suis en particulier curieux de savoir ce qu'il a fait pendant que nous étions plongés dans l'obscurité.

L'inspecteur sentit soudain son taux d'adrénaline croître dangereusement.

— Sauf erreur de ma part, je pensais que nous étions bien d'accord sur ce point : l'assassin a jeté les deux cent soixante millions au feu et a endormi Yuriko Kinjo au chloroforme. A moins qu'elle n'ait tout manigancé elle-même.

— Oui, sauf erreur de votre part, reprit méchamment Queen avec, dans les yeux, la petite lueur impitoyable des grands détectives quand ils vont donner l'estocade à un imbécile.

Yoshimuta implora Akechi du regard, mais celui-ci, se contentant de traduire, ne fit rien pour venir à son secours. Yoshimuta décroisa les bras, serra mentalement les poings, et se prépara à soutenir l'assaut.

— Sauf erreur de ma part, c'est-à-dire ?…

— Pouvez-vous me dire combien de temps s'est écoulé entre le début de la panne et le lever du jour ?

— Bien sûr. A peu près trente minutes.

— Ajoutons dix minutes pour descendre au sous-sol, cela fait quarante minutes. En quarante minutes a-t-il pu faire tout ce que vous dites et les billets ont-ils eu le temps de se consumer au point dans lequel nous les avons trouvés ?

— Cela dépend de l'intensité du feu, mais il me semble que oui.

— Bon ! admettons, par amitié pour vous, que les billets ont eu le temps de brûler complètement.

Silence. Yoshimuta eut l'impression qu'on lui accordait une seconde de répit, mais la petite lueur méchante se ralluma derrière le monocle.

— Il faut que je vous fasse un aveu.

— Quoi ?

— Quand le courant a été coupé, je me suis précipité au sous-sol.

— Vous m'avez dit que vous étiez allé dans votre chambre ?

— Vous êtes très gentil de m'avoir cru…

— Et pourquoi êtes-vous descendu ?

— Moi aussi, j'ai compris tout de suite que ce n'étaient pas des coups de feu mais des sortes de pétards inoffensifs. Il n'y avait qu'une raison possible à cette mise en scène : semer la confusion parmi nous. Pour commettre un second meurtre ? Non. Dans ce cas-là, il suffisait de tuer dans le noir. Pour faire disparaître des indices compromettants, bien sûr. La solution la plus simple étant de tout brûler, je me suis précipité près de l'incinérateur et…

— Et… ?

— Et j'ai eu un choc : MM. Maigret, Poirot et Akechi avaient eu la même idée que moi !

— Vous m'avez tous raconté des histoires ! s'étrangla Yoshimuta que la stupeur laissait sans voix.

Prenant le relais de Queen, Hercule Poirot fit un pas en avant en bombant le torse.

— Monsieur Yoshimuta, vous avez vraiment cru qu'Hercule Poirot était allé se cacher sous son lit à un moment si passionnant ?

— Euh…

— En tout cas, reprit Queen, quand nous nous sommes retrouvés en bas, l'incinérateur était allumé depuis pas mal de temps car il était brûlant. M. Akechi est remonté et nous sommes restés tous les trois à regarder les flammes. Personne n'est venu nous déranger. C'est donc AVANT la panne que l'on a jeté les millions au feu. Sans doute tout de suite après le meurtre de Murakoshi.

— Attendez une seconde, c'est absurde ! s'écria triomphalement Yoshimuta. Ce n'est pas la peine de descendre au sous-sol pour brûler l'argent, il suffit de le jeter dans le vide-ordures.

— *Yes, but...* n'oubliez pas que nous sommes restés à regarder les flammes à travers le hublot. Si quelqu'un avait jeté des dizaines de liasses du quatrième étage, le feu aurait aussitôt redoublé d'intensité, or nous n'avons rien remarqué...

— Mais alors, qu'est-ce que tout cela signifie ?

— Une seule conclusion s'impose : l'assassin n'a pas brûlé les billets pendant la panne. Reste bien sûr le problème de Yuriko.

— C'est de plus en plus dément !

— Je sais, mais les faits sont là. C'est d'ailleurs pourquoi nous avons tous les quatre pensé qu'il s'agissait de faux billets. Je vous avoue que les résultats de l'expertise m'ont laissé perplexe. La psychologie du coupable m'échappe.

— Mais pourquoi m'avez-vous tous fait croire que vous étiez retournés dans vos chambres ?

Cette fois-ci, ce fut Maigret qui répondit avec un sourire complice :

— Nous nous sommes mis d'accord pour essayer de mettre le coupable en confiance et lui donner l'occasion de commettre une faute.

— Quelles raisons peut-il avoir pour se compliquer la vie à ce point ?

— Mon cher Yoshimuta, conclut Ellery Queen, vous en arrivez exactement à la question que je posais tout à l'heure : que signifie la panne de courant pour notre homme ?

3

L'inspecteur Yoshimuta sentit qu'il perdait de plus en plus les pédales.

Il devait se rendre à l'évidence : ce que Queen avait dit était vrai ou alors les quatre détectives étaient de mèche avec le coupable, ce qui était impensable.

Les billets avaient bien été brûlés avant la panne et tout le reste n'avait été qu'une vaste mise en scène.

Mais pourquoi ?

Il sentit derrière ses oreilles un bourdonnement annonciateur d'une grosse migraine. Il n'arrivait pas à croire que l'on avait tué Murakoshi juste pour le plaisir de flamber quelques centaines de millions. C'était à se taper la tête contre les murs. Pouvait-on imaginer un fou haïssant l'argent à ce point ? Si seulement l'expertise des deux spécialistes de la Banque du Japon n'avait pas été aussi formelle ! Il s'était débarrassé de l'argent, il n'avait aucune raison de craindre la fouille des chambres. Donc la panne d'électricité n'était pas nécessaire... d'ailleurs elle était accidentelle... ce qui rendait encore plus incompréhensible les deux pétards et l'agression de Yuriko...

La migraine éclata, atroce.

Qu'espérait-il en attirant sans cesse l'attention sur lui ? Pourquoi tant de risques inutiles ? Plus, ce petit million sous le corps de Yuriko...

Il ferma les yeux, douloureusement.

Sato avait confirmé qu'il s'agissait bien de ses billets. Le voleur avait-il pris peur au dernier moment et avait-il essayé de s'en débarrasser pendant la panne ? Cela ne collait pas non plus : voler trois cents briques et ne garder qu'un million ?

— Je n'y comprends vraiment rien de rien, finit par s'avouer à haute voix l'inspecteur Yoshimuta.

Et il poussa un profond soupir.

4

Akechi et Queen vinrent demander à Yoshimuta l'autorisation d'aller en ville.

— Comme il s'agit d'un crime et que nous sommes au Japon, votre autorisation est indispensable, traduisit Akechi.

L'inspecteur se sentit un peu réconforté par la délicate attention de l'Américain.

— Je n'ai pas la prétention de traiter en suspects des détectives de votre renommée, répondit-il. Vous avez une course importante à faire ?

— Oui, je voudrais vérifier quelque chose à propos du chapeau haut-de-forme.

— Encore ! Vous pensez encore à ce malheureux chapeau !

L'inspecteur se sentit à nouveau complètement découragé : il regarda sans y croire le beau visage ovale de Queen. Après le choc des billets calcinés, il avait cru que celui-ci avait tiré un trait sur cette ridicule histoire de chapeau... Eh bien, non, le haut-de-forme le travaillait toujours !

Ellery cligna de l'œil derrière son monocle.

— Je crois que le chapeau me mènera sur une piste qui peut se révéler très importante, c'est pourquoi j'ai besoin d'aller vérifier si mon hypothèse est exacte.

— Où voulez-vous aller ?

— A l'endroit où est déposé le corps de Murakoshi.

— Après l'autopsie, on a dû le mettre à la morgue de l'hôpital de la préfecture de police. Je peux vous y conduire si vous voulez. Est-ce si important ? Quelle est votre hypothèse ?

— Il vaut mieux que nous en parlions quand vous aurez vu vous-même la dépouille de la victime, esquiva Queen avec cette légère pointe de snobisme si caractéristique des grands détectives quand ils ont une petite idée derrière la tête.

Comme d'habitude, Yoshimuta encaissa et essaya d'en savoir plus auprès d'Akechi.

— Mais à quoi pense-t-il donc ? lui demanda-t-il instinctivement à voix basse sans réaliser que Queen ne comprenait pas le japonais.

— Oh, moi je ne suis que le traducteur, fit Akechi avec un petit rire méchant.

Vaincu, Yoshimuta s'enferma dans son rôle d'accompagnateur muet à l'avant de la voiture de patrouille.

Pendant tout le trajet les deux détectives n'arrêtèrent pas de bavarder en anglais. Malgré sa très faible compétence, l'inspecteur comprenait vaguement qu'ils ne parlaient pas de l'affaire mais qu'ils devisaient tranquillement à propos du zen et du harakiri… C'était bien le moment de s'occuper de l'« Orient mystérieux » !

Quand la voiture se présenta à l'entrée de l'hôpital, ils cessèrent d'un seul coup leur conversation.

Dans l'escalier qui les menait au sous-sol, l'inspecteur Yoshimuta mit Ellery Queen en demeure de lui donner des explications.

— Le moment est venu, non ?

— O.K., fit Queen en s'arrêtant au milieu des marches. Après tout, je peux bien vous le dire avant : je crois que le corps que nous allons voir n'est pas celui de Murakoshi. En fait, je suis prêt à l'affirmer.

— Hein !

Ellery répéta très sûr de lui :

— Ce n'est pas le cadavre de Murakoshi.

— Mais c'est vous-même et vos amis qui m'avez averti du meurtre de Katsuhiko Murakoshi, et quand on a emmené le corps, vous n'avez rien dit !

— Oui, en effet, mais n'oublions pas que Murakoshi est descendu au réveillon déguisé en Abraham Lincoln avec une redingote et une belle barbe. Quand on l'a découvert, mort, dans sa chambre, dans le même accoutrement, personne n'a pensé qu'il pouvait s'agir de quelqu'un d'autre. Et comme, en plus, la police, pour ne pas détruire d'indices, l'a emporté tel quel, avec son maquillage...

— Et qu'est-ce qui vous fait penser que ce n'est pas lui ?

— Le chapeau haut-de-forme, bien sûr !

— Encore !

— Pourquoi l'assassin a-t-il fait disparaître le chapeau ? Voilà ce qui me tracassait depuis le début. Inutile de vous dire que de l'avoir retrouvé en cendres n'a fait que renforcer mes soupçons. On avait vraiment voulu s'en débarrasser pour de bon. Pourquoi cet acharnement à faire en sorte que nous ne le trouvions pas ? De quoi avait-on peur ?

— Au contraire, s'il avait voulu faire passer quelqu'un d'autre pour Murakoshi, le mieux c'était encore de lui mettre le chapeau sur la tête.

— Entièrement d'accord, fit Ellery en élevant la voix, emporté par son élan, dans ce cas-là, la meilleure solution était de garder le déguisement du réveillon… chapeau compris. L'assassin y a certainement pensé aussi, mais n'a pas pu le faire. Pourquoi ? Une seule réponse possible : parce que l'on aurait tout de suite vu que quelque chose n'allait pas… le chapeau n'étant pas du tout à la taille du crâne de la victime ! L'assassin a choisi une victime qui ressemblait à peu près à Murakoshi pour la taille et l'âge, mais il n'a pas prévu, bien sûr, que le tour de tête serait si différent ! Quand il a vu le chapeau enfoncé jusqu'au nez ou en équilibre instable sur le sommet du crâne, il a pris peur et sans même se contenter de le laisser par terre, il a préféré le jeter dans le vide-ordures pour plus de sûreté.

— C'est pour ça que vous étiez si attaché à la question du chapeau…

L'inspecteur Yoshimuta ne put s'empêcher d'admirer la beauté du raisonnement, mais en même temps il sentait se réveiller sa colère d'avoir été si longtemps laissé sur la touche. Les grands détectives, Akechi compris, avaient tous cette manie de garder pour eux leurs brillantes déductions jusqu'au dernier moment.

Inutile de leur demandeı de changer !

Ils étaient arrivés au sous-sol. Un préposé les conduisit devant le corps de « Murakoshi » et souleva le drap qui recouvrait le visage.

— Ce n'est pas lui ! fit Queen en se rengorgeant.

5

— Si ce n'est pas Murakoshi, qui est-ce ?

Akechi observa attentivement le cadavre.

— On dirait l'artiste qui a fait des tours de magie pendant le réveillon.

— Vous avez raison, approuva Ellery Queen, c'est notre prestidigitateur. Son numéro était minable, mais, là, se faire assassiner à la place de quelqu'un d'autre, bravo !

— Qu'est-ce que tout cela signifie ? demanda Yoshimuta complètement écœuré par la tournure que prenaient les événements.

Ce nouveau casse-tête semblait, par contre, réjouir les deux détectives.

— Pour l'instant, cela signifie seulement que l'on a tué quelqu'un à la place de Murakoshi, c'est tout, dit Akechi.

Ils remontèrent jusqu'à la voiture. L'inspecteur Yoshimuta faisait une tête aussi sinistre à l'air frais qu'au sous-sol.

— Mais alors, Murakoshi est sans doute l'assassin ? demanda-t-il.

La découverte de la supercherie ne laissait-elle pas entrevoir la conclusion de toute l'affaire ? Ellery et Akechi échangèrent un bref regard.

— Oui, c'est une hypothèse comme une autre…

— Vous avez une autre idée ? Si Murakoshi n'est pas l'assassin, alors pourquoi tout ce cinéma ?

Le ton de l'inspecteur s'était fait provocateur. Ellery eut un petit sourire ambigu.

— C'est une bonne question, mais avant d'y répondre, je voudrais faire remarquer que l'assassin savait certainement que la supercherie serait découverte assez rapidement.

— Bien sûr, enchaîna l'inspecteur, l'enquête de la police aurait très vite abouti à la même conclusion que vous !

— Donc la culpabilité de Murakoshi ne me semble pas aussi évidente…

— Et pourquoi donc ?

— Hum…, fit Ellery en sortant tranquillement sa pipe de bruyère avant de poursuivre. Admettons que Murakoshi soit coupable. Le mobile est clair : faire croire qu'il est la victime, disparaître et jouir tranquillement des trois cents millions sous une fausse identité. Or, nous sommes d'accord pour dire que la supercherie aurait été découverte tôt ou tard et qu'il le savait. Dans ce cas-là, il savait aussi qu'il devenait le principal suspect… et je le vois mal choisir une solution qui le désigne si clairement non plus comme un simple voleur mais aussi comme un assassin…

— Si ce n'est pas lui, qui est-ce ?

— Je ne sais pas, mais l'on peut imaginer le scénario suivant : quand il a ouvert le petit cadeau diabolique préparé par M. Sato, il s'est senti pris au piège et s'est affolé. Fuir ! S'enfuir le plus vite possible, mais en essayant de gagner du temps… C'est alors qu'il a eu l'idée d'une « doublure » et qu'il a pensé au prestidigitateur minable. Celui-ci n'avait-il pas généreusement distribué ses cartes de visite avant son numéro ? C'est le genre d'artiste de dixième catégorie qui ne recule devant rien pour de l'argent… surtout s'il s'agit d'une grosse somme…

— … par exemple une grosse somme de un million de yens…

— Je vois que les grands esprits se rencontrent, monsieur l'inspecteur, fit Queen avec un large sourire. Une récompense de un million de yens qui expliquerait, entre autres, la somme trouvée sous le corps de Yuriko.

— L'assassin aurait tué le magicien en pensant qu'il s'agissait de Murakoshi !

— Ce n'est pas impossible. Pour l'instant, je veux simplement dire que rien ne permet de conclure à la culpabilité de Murakoshi.

— Le vrai Murakoshi se cacherait donc quelque part…

— Mais où ? fit Ellery perplexe en avançant légèrement le menton.

Son beau visage ovale prit un instant la forme d'un grand point d'interrogation.

6

— Qu'en pensez-vous ? demanda l'inspecteur à Akechi dans la voiture sur le chemin du retour.

Ellery Queen regardait dehors par la vitre et semblait très intéressé par le spectacle des rues à l'approche du nouvel an.

— De quoi ?

— Des hypothèses de M. Queen. Moi, je ne sais plus du tout où j'en suis.

— Pourtant vous donniez l'impression de boire ses paroles, plaisanta Akechi.

— Oui, sur le moment tout ce qu'il dit semble évident, mais à y réfléchir après coup, il y a quelque chose qui cloche dans son raisonnement.

— Il faut le lui dire.

— Ça me gêne, je ne suis qu'un simple flic…

— Il ne faut pas vous laisser impressionner comme ça ! Qu'est-ce qui ne va pas dans son raisonnement ?

Yoshimuta se remit instinctivement à parler à voix basse.

— Par exemple, si Murakoshi a pris contact tout de suite avec le prestidigitateur, il a dû lui téléphoner : pourquoi n'y a-t-il rien d'enregistré sur la bande de M. Sato ? Il y a quelque chose qui cloche, n'est-ce pas ?

— Il a sans doute pris de grandes précautions. Après les trois mouchoirs de Sato, il se savait étroitement surveillé, il a pu téléphoner en mettant la stéréo très fort.

— Oui, c'est possible pendant tout le temps où l'on entend du rock, mais…

— Mais quoi ?

— Comment expliquer les dernières paroles sur la bande : « C'est toi, Yuriko ? »

— Très facile : cela faisait partie des instructions que Murakoshi a laissées à sa « doublure » pour gagner du temps. Yuriko en remontant dans l'appartement l'aurait trouvé toujours dans ses habits d'Abraham Lincoln affalé dans le fauteuil et lui tournant le dos. « C'est toi, Yuriko ? » lui aurait semblé très naturel. Je suis sûr que l'assassin n'a eu qu'à s'approcher tranquillement : la victime lui offrait son dos sans défense. Quant à la voix sur le magnétophone, tout le monde était tellement persuadé que c'était Murakoshi que personne n'a rien remarqué.

— Vous avez peut-être raison…

— Vous n'avez pas l'air très convaincu.

— Si, mais plus je suis convaincu et plus je sens qu'il y a quelque chose qui cloche… Vous, vous êtes complètement d'accord avec M. Queen ?

Akechi eut l'air un peu ennuyé ; il jeta un coup d'œil sur Ellery, passa sa main dans ses cheveux et réfléchit un instant.

— Vous voulez une réponse sincère ?

— Bien sûr !

— Eh bien, disons que je ne suis peut-être pas complètement convaincu…

— C'est vrai ! s'écria Yoshimuta.

Il n'avait pas pu s'empêcher de crier de joie : il se trouva tout bête en réalisant que Queen était là derrière lui. Ellery se pencha vers la banquette avant comme pour lui demander ce qui se passait. Akechi était hilare ; Yoshimuta haussa les épaules et piqua un fard.

Quand la voiture s'arrêta devant le *New Shibuya,* l'inspecteur pestait encore – en son for intérieur contre tous les grands détectives de la terre…

7

La nouvelle que la victime n'était pas Katsuhiko Murakoshi fit l'effet d'une bombe sur les « suspects » du *New Shibuya.* La plus surprise de tous était Yuriko Kinjo : elle poussait de petites exclamations qui ponctuaient les explications de l'inspecteur. A la fin elle demanda :

— C'est lui l'assassin ? C'est lui, n'est-ce pas ? Il s'est enfui après avoir tué sa « doublure »…

Elle posait machinalement la question mais l'on sentait que la réponse ne faisait aucun doute à ses yeux. Mishima et Kanzaki réagirent comme elle en pensant tout de suite à la culpabilité de Murakoshi. Sato, lui, n'en revenait pas non plus.

— Comment avons-nous pu ne pas nous apercevoir qu'il s'agissait de quelqu'un d'autre ? Ah, on peut dire qu'il nous a bien eus !

Yoshimuta les laissait à leur surprise sans intervenir, constatant simplement qu'ils avaient tous la même première réaction que lui. Pourtant, maintenant, il ne se sentait plus aussi assuré de la culpabilité de Murakoshi : en plus de la théorie de Queen, il y avait encore trop de points obscurs. S'il avait tué sa doublure pour pouvoir s'enfuir parce qu'il se sentait traqué, pourquoi avait-il jeté l'argent au feu ? Rien qu'avec cette question, il y avait de quoi se taper la tête contre les murs.

Hercule Poirot et Maigret ne manifestèrent aucune émotion particulière en écoutant le récit de Yoshimuta : étaient-ils déjà au courant ou bien, réputation oblige, faisaient-ils semblant d'être imperturbables ? « Pas facile de décider, se dit l'inspecteur. Décidément la psychologie des grands détectives m'échappera toujours ! »

Il se reprit et s'adressa à tout le monde :

— La question est maintenant de savoir où a disparu le vrai Murakoshi.

— Ce n'est pourtant pas sorcier ! rugit Sato qui ne pouvait plus contenir sa colère devant l'incompétence de la police. Il a foutu le camp ! Par la sortie de secours de l'immeuble, tout tranquillement, pendant que nous étions penchés sur « son » cadavre ! Maintenant il doit être quelque part dans le Shikoku !

— Pourquoi le Shikoku ?

— Parce que c'est sa région natale, il la connaît bien ! poursuivit-il sarcastique. Le Japon est un petit archipel, il est difficile de se cacher ou de fuir à l'étranger… Au Japon, l'assassin revient toujours sur les lieux de… sa naissance ! Vous ne savez pas ça ?

— Et où dans le Shikoku ?

— A Tokushima.

— Hum…

Yoshimuta fit un clin d'œil professionnel à l'inspecteur Suzuki ; celui-ci fit signe qu'il avait compris et sortit pour téléphoner. On n'avait rien à perdre à prévenir le commissariat de Tokushima.

8

— On approche du dénouement, fit Sato d'une voix blanche qui ne s'adressait à personne. Finalement, c'est moi le grand perdant dans l'histoire : ma tentative de retrouver le premier coupable est un échec complet et les trois quarts de ma fortune sont littéralement « partis en fumée » !

— C'est un peu de votre faute, coupa méchamment Kanzaki.

Sato se retourna brusquement. Kanzaki poursuivit avec un petit sourire aux lèvres :

— Si vous ne lui aviez pas fait ce cadeau stupide le soir du réveillon, il n'aurait pas pris peur et ne se serait pas enfui. Sans votre vanité imbécile, nous aurions peut-être réussi à remonter jusqu'au premier vol.

— Ainsi donc, c'est de ma faute ? Tu oublies un peu vite tout ce que j'ai fait pour toi !

Sato était devenu écarlate. Kanzaki lui tourna ostensiblement le dos.

Un ange – et quelques démons – passèrent.

— Euh… risqua timidement Mishima, il y a quelque chose que je ne comprends pas…

— Quoi ?

— Si Murakoshi est l'assassin, il y a quelque chose de bizarre…

— Oui, je sais, reprit Yoshimuta avec un sourire, pourquoi n'a-t-il pas emporté l'argent ?

— Pas seulement ça, je pense à la panne d'électricité.

— Ah… ?

— A ce moment-là, il avait déjà quitté l'immeuble, n'est-ce pas ?

— Euh… oui, sans doute…

— Alors qui a lancé les pétards et attaqué Yuriko ?

— Il a raison ! cria Yuriko Kinjo qui semblait toujours au bord de la crise de nerfs.

— Hum…, fit l'inspecteur en baissant la tête, c'est justement ce que j'allais demander à ces messieurs…

Il se tourna vers le crâne en forme d'œuf dur de Poirot et vers la pipe de Maigret.

Avant même que Mishima ait fini de traduire, Hercule Poirot se lança, tout content, dans une longue explication :

— Cela devient très intéressant avec tous ces facteurs contradictoires qui s'accumulent. La particularité de cette affaire est là : dans ce nœud de propositions contradictoires. Très très intéressant. Le voleur qui détruit son butin, la victime qui n'est pas la victime, le recours à une « doublure » destinée à être « découverte », le refus de toutes les mises en scène classiques comme distribuer l'argent ou maquiller le crime en suicide… Et bien sûr la contradiction de la panne d'électricité relevée par M. Mishima… Si Murakoshi est le meurtrier, cela fait beaucoup de questions sans réponses apparemment insolubles… Eh bien, moi, Hercule Poirot, je peux vous affirmer que c'est justement au cœur de ce méli-mélo de contradictions sans queue ni tête que se cachent la solution… et le nom de l'assassin !

Comme d'habitude, la logique de Poirot était trop abstraite pour Yoshimuta. Le raisonnement saccadé du petit détective belge lui martelait les tympans comme la frappe d'une vieille machine à écrire. Il se tourna de nouveau vers Maigret. Celui-ci, enfoui dans son fauteuil, jouait avec son briquet à amadou.

— Moi, j'accepte les faits tels qu'ils sont, dit-il calmement. – On avait l'impression qu'il évitait soigneusement le ton catégorique et ostentatoire de Poirot. – Les contradictions de M. Poirot ne sont contradictoires que dans la mesure où nous raisonnons faux. Les faits sont têtus dans les affaires criminelles et je ne crois pas à plusieurs vérités à la fois. Si, dans l'hypothèse où Murakoshi est coupable, nous n'arrivons pas à expliquer la panne d'électricité, cela signifie soit que nous faisons fausse route en imaginant Murakoshi coupable, soit que la panne n'a aucun rapport avec le crime.

— Et vers laquelle des deux hypothèses penchez-vous ?

— A dire la vérité, pour l'instant je n'en sais rien, répondit-il en souriant.

9

On apprit l'identité de la victime le jour même. Il s'appelait Koji Watanabe et avait vingt-six ans. L'association des Magiciens du Japon, dont il était membre, confirma ce que l'on savait déjà, sa nullité comme prestidigitateur, et ce dont on se doutait, son éternel manque d'argent. Il avait certainement dû sauter sur la proposition de Murakoshi.

L'inspecteur fit intentionnellement une déclaration à la presse présentant ce dernier comme le suspect numéro un.

Trois jours après, une lettre arriva à la brigade criminelle du commissariat central de Tôkyô. On la transmit aussitôt à Yoshimuta.

L'adresse était rédigée à la main sur une enveloppe ordinaire blanche et portait simplement au dos le nom de Katsuhiko Murakoshi. D'après le cachet de la poste, elle avait été envoyée de Tokushima le 26 décembre.

L'inspecteur l'ouvrit avec précaution et en sortit cinq feuillets remplis d'une écriture serrée.

J'écris cette lettre de Tokushima. Je sais très bien que je prends un gros risque en l'envoyant, mais il le faut.

J'ai volé les trois cents millions, mais je n'ai rien fait d'autre. D'après les journaux, il semble que j'ai été manipulé depuis le début, ma culpabilité en est donc d'autant diminuée.

Si je me suis décidé à écrire cette lettre, c'est parce que dans les journaux, on dit aussi que je suis l'assassin. Ce n'est pas moi ! J'ai recruté le magicien pour me remplacer, c'est pour ça que l'on m'accuse. Ce n'est pas moi qui l'ai tué. Je jure que je dis la vérité. J'écris cette lettre pour dire tout ce qui s'est exactement passé en ce qui me concerne.

Quand j'ai attaqué M. Sato à Fuchu, je ne savais pas que j'étais surveillé et manipulé. Avec l'argent je me suis acheté l'appartement du New Shibuya, *une voiture de sport et j'ai pu faire la connaissance de Mlle Yuriko Kinjo. C'était mon rêve. A ce moment-là, j'ai cru que tout se passerait bien : à la lecture des journaux, il était évident que la police faisait fausse route et n'était pas sur ma piste. Je me suis senti en sécurité. C'est pour cela que je suis descendu à la petite fête du réveillon.*

Le cadeau de Noël m'a complètement pris au dépourvu. La vue des trois faux billets de cent millions m'a terrorisé.

Il ne pouvait pas, bien sûr, s'agir d'un hasard, j'ai paniqué. J'ai cru que l'on voulait me faire chanter : il fallait fuir, mais en gagnant du temps, pour ne pas me faire prendre, puisque j'étais surveillé. C'est alors que j'ai eu l'idée de la « doublure ».

C'est le fait que le costume de scène du prestidigitateur ressemblait à mon déguisement qui m'a fait penser à lui. Nous étions à peu près du même âge et de la même taille : avec ma redingote et ma fausse barbe, il pourrait se faire passer pour moi pendant quelques heures. Il avait distribué sa carte de visite à tout le monde, je n'ai pas eu de mal à le joindre. Le mot « argent » l'a fait venir aussitôt. Je lui ai expliqué que je voulais quitter discrètement ma compagne et que je voulais qu'il lui donne le change le plus longtemps possible : cela ne serait pas difficile car elle serait un peu ivre en remontant à l'appartement.

Je ne sais pas s'il m'a cru mais je lui ai proposé cinq millions de yens. C'était beaucoup mais je voulais absolument qu'il accepte. Ça a marché. Ensuite je me suis enfui par l'escalier de secours en laissant la Mercedes sur le parking du sous-sol pour faire croire que j'étais toujours là.

Quant aux trois cents millions, je veux dire les deux cent soixante millions restants, j'ai été le premier surpris de lire dans les journaux qu'ils avaient entièrement brûlé. A dire vrai, je voulais les emporter dans ma fuite, mais comment faire pour transporter trois grosses valises ? Déjà, déambuler au milieu de la nuit avec un seul gros sac peut paraître suspect... Mais d'un autre côté, en les laissant dans le coffre, on les trouverait tout de suite, sans compter Yuriko qui était dévorée par le désir de savoir ce que je gardais dedans.

Je n'avais pas le temps non plus de leur trouver une autre cachette à l'extérieur du New Shibuya. *En désespoir de cause, je les ai entassés dans des sacs poubelles en plastique et je les ai jetés dans le vide-ordures. Bien entendu je ne savais pas que le vide-ordures était relié à un incinérateur automatique ! Je croyais qu'il donnait sur un collecteur que l'on vide une ou deux fois par semaine. J'ai pensé que l'argent serait ainsi en sécurité quelque temps au milieu des autres sacs à ordures. J'avais prévu de revenir après les chercher. Quand j'ai lu dans le journal que tout avait brûlé, cela m'a fait un choc !*

Je n'ai emporté avec moi qu'un million de yen en liquide.

Ce n'est pas moi l'assassin ! J'ai volé l'argent mais je ne suis pas responsable de sa destruction car je ne savais pas qu'il y avait un incinérateur. A part le million que j'ai avec moi, je n'ai rien. Dans toute cette affaire, je suis davantage une victime qu'un coupable : on a profité de moi ! Si la police arrête le véritable assassin, j'envisage de me livrer volontairement à la justice.

10

— Bon, il me semble que nous avons enfin un petit peu avancé, s'empressa de déclarer l'inspecteur Yoshimuta après avoir informé tout le monde du contenu de la lettre. Nous commençons à y voir un petit peu plus clair dans cette affaire complètement incompréhensible. Tout au moins en ce qui concerne l'argent : on l'a jeté dans le vide-ordures pour le cacher et non pas pour le brûler ! Voilà un point d'acquis. Je ne vois pas en effet d'autre explication possible et je m'étonne même de ne pas y avoir pensé plus tôt ! Je crois que nous pouvons aussi tenir pour vraisemblable la somme de cinq millions versée au magicien, elle permet sans doute d'expliquer l'origine du million retrouvé sous Mlle Kinjo…

— Vous voulez dire que vous pensez sérieusement que l'assassin de ce Koji Watanabe n'est pas Murakoshi ? demanda Sato sur un ton méprisant.

Il était clair que pour lui l'éventualité d'un autre coupable était exclue.

— Exactement, reprit Yoshimuta sans se démonter.

Avec la lettre de Murakoshi, il avait le sentiment d'entrevoir le bout du tunnel dans lequel il était plongé depuis le début. De toutes les contradictions relevées par Hercule Poirot, celle des billets brûlés était la plus incroyable et elle venait de s'éclaircir ! Le reste ne serait qu'un jeu d'enfant et ce n'était pas ce M. Sato qui pourrait l'arrêter sur le chemin de la vérité.

— D'après moi, poursuivit-il avec assurance, Murakoshi s'est enfui après avoir payé sa doublure. L'assassin a tué Watanabe en pensant que c'était Murakoshi pour s'emparer des trois cents millions. Il a ouvert le coffre, il n'y avait plus que cinq millions dedans… Il les a pris quand même. C'est pourquoi quand j'ai annoncé que nous allions fouiller les chambres, il s'est affolé. Cinq millions, ce n'est rien par rapport aux trois cents millions, mais, en soi, c'est une grosse somme dont on peut difficilement justifier la possession en liquide. Le coupable a pris peur, c'est sûr. La panne de courant est arrivée au bon moment : il en a profité pour semer la confusion avec les pétards et essayer de faire porter le chapeau à Mlle Yuriko en glissant un million sous elle. Quant aux quatre autres millions, il leur a trouvé une meilleure cachette…

Il semblait donc écarter l'hypothèse d'une mise en scène montée par Yuriko elle-même. Il se tourna, satisfait, vers les grands détectives pour voir l'effet de son petit discours. Loin de paraître soulagés par l'approche du dénouement, ils offraient quatre visages de marbre. Décidément…

— J'ai une question à propos de la poste japonaise, fit Poirot.

— Oui ?

— Est-il complètement impossible de poster une lettre à Tôkyô en faisant croire qu'elle vient de province ?

— C'est une très bonne question que je me suis, bien sûr, moi aussi posée, répondit Yoshimuta avec un petit sourire avantageux. On ne peut pas exclure l'hypothèse que Murakoshi veuille nous faire croire qu'il est à Tokushima alors qu'il se cache à Tôkyô. C'est une ruse qui a déjà été souvent employée, mais au Japon aussi, le cachet de la poste fait foi : la lettre a été oblitérée à Tokushima, elle a donc bien été postée à Tokushima.

— Et l'écriture de l'enveloppe, demanda Queen, c'est la même que celle de la lettre ?

— Je vais faire faire une expertise graphologique. A première vue, il me semble que oui.

— Il se serait donc vraiment enfui dans le Shikoku…

Akechi baissait la tête et se mordillait le poing avec une moue incrédule.

— Très certainement.

— Ça me chiffonne.

— Quoi, monsieur Akechi ?

— Je ne sais pas, mais j'étais persuadé qu'il était resté à Tôkyô…

— Tout le monde peut se tromper. Rendez-vous à l'évidence : Murakoshi est à Tokushima, à moins qu'il n'ait un complice évidemment…

— Non, ça je n'y crois pas, fit simplement Akechi.

S'il ne croyait pas à un complice, comment pouvait-il encore nier la présence de Murakoshi à Tokushima ? Il aimait bien, lui aussi, tourner en rond pour le plaisir. « Finalement, rien ne vaut les bonnes vieilles méthodes terre à terre de la police… » se dit l'inspecteur Yoshimuta.

11

— Et vous, monsieur Maigret, vous n'avez pas de question ?

Maigret souleva légèrement sa lourde carcasse toujours enfoncée profondément dans le fauteuil.

— Non, je n'ai rien de particulier à demander à propos de cette lettre ; par contre, j'aimerais poser une question à M. Sato…

Sato sursauta.

— A moi ! Mais quoi donc ?

— Oh, pas grand-chose. Quel âge avez-vous, monsieur Sato ?

— Soixante-deux ans… mais pourquoi ?

— Vous avez l'air en bonne santé ?

— Oui, et j'espère bien tenir le coup encore une bonne vingtaine d'années !

Il éclata de rire.

— Allez-y, si vous avez d'autres questions à me poser…

— Non, ce sera tout.

Sato s'attendait à un véritable interrogatoire après cette question « hors-d'œuvre », il eut l'air déçu et fit une grimace.

Yoshimuta se demanda à nouveau si les grands détectives n'étaient pas tous victimes d'un gâtisme précoce. Qu'est-ce qui prenait à Maigret de poser à Sato des questions aussi saugrenues ! Qu'est-ce que l'âge et l'état de santé de Sato avaient à voir dans toute cette histoire ? C'était aussi stupide que l'âge du capitaine dans les problèmes de baignoires qui fuient. A propos de « fuites » et de « capitaines », c'était plutôt la célèbre matière grise des quatre vieillards qui s'était ramollie et suintait sous l'attaque des ans. *Le cheval de course devient aussi lent qu'un mulet,* dit le proverbe chinois. Ellery avait certes bien vu l'importance du chapeau haut-de-forme, mais pour le reste – et notamment l'explication des billets brûlés – ils avaient tous les quatre été lamentables.

— Alors, vous allez nous dire le nom de l'assassin, monsieur l'inspecteur, fit méchamment Sato. Nous commençons à en avoir assez de cette situation pour le moins désagréable !

— Encore un petit peu de patience.

— Vraiment ?

— Oui. L'assassin a pris les cinq millions de Koji Watanabe. Il en a utilisé un pour faire croire à la culpabilité de Yuriko Kinjo. Il lui en reste quatre. Quand j'aurai trouvé ces quatre millions, je tiendrai le coupable !

— Bravo, mais vous avez déjà fouillé toutes nos chambres sans rien trouver !

— Oui… Euh…

— Si ce n'est que cela, je sais où ils sont, coupa Akechi.

— C'est vrai ? s'écria Yoshimuta comme s'il avait reçu une décharge électrique.

— Oui.

— Pourquoi ne m'avez-vous rien dit ?

— J'avais bien ma petite idée, mais l'expertise ayant conclu à l'authenticité des billets, je l'avais abandonnée. Il n'était pas question des cinq millions avant la lettre de Murakoshi.

— Où sont-ils ?

— Dans le fauteuil.

— Quel fauteuil ?

— Le fauteuil dans la chambre du crime. Vous vous souvenez que M. Poirot avait remarqué qu'un fauteuil était déplacé. L'assassin y a caché l'argent tout de suite après le crime. En fouillant nos chambres, vous faisiez fausse route.

— Ce qui expliquerait le bruit de frottement sur la bande du magnétophone !

Ils se précipitèrent au 406. Rien n'avait été changé dans l'appartement depuis la découverte du cadavre. Les deux fauteuils étaient là, à leurs places respectives, et avaient l'air tout à fait « innocents ».

— Retournez-le ! cria Akechi.

Le dessous du fauteuil était absolument lisse. Kanzaki tendit un canif à l'inspecteur qui déchira d'un seul coup le cuir et enfonça son bras dans les flocons de mousse. Au bout d'un moment, il se tourna vers Akechi avec une moue de déception.

Akechi pâlit légèrement.

— Il n'y a pas d'autre cachette possible, murmura-t-il en se passant machinalement la main dans les cheveux. Mais bon sang, bien sûr, c'est évident !

— Qu'est-ce qu'il y a ? demanda Yoshimuta qui était toujours à genoux devant le fauteuil.

— Je viens de me rappeler ce que disait Abner, un grand détective américain. L'assassin ordinaire laisse toujours quelque indice derrière lui ; l'assassin intelligent se dissimule derrière un épouvantail… mais le véritable grand criminel s'arrange pour mettre les indices et l'épouvantail devant quelqu'un d'autre !

— Je ne vois pas le rapport avec le fauteuil.

— L'assassin ordinaire aurait caché l'argent dans le fauteuil comme je l'avais prévu et oublié dans sa précipitation de le remettre à sa place (nous tenons notre indice). L'assassin intelligent aurait lui aussi mis l'argent dans le fauteuil mais en le remettant à sa place afin de tout dissimuler (c'est le geste accompli quand nous étions tous devant le coffre-fort). Notre coupable est de la troisième catégorie, celle des criminels qui ont du génie. Il a simulé à la fois la maladresse de l'un et l'habileté de l'autre, mais sans mettre l'argent dans le fauteuil : nous tenons notre épouvantail. Le coupable a volontairement attiré notre attention sur une fausse piste !

— Mais où sont les quatre millions ?

— Dans l'autre fauteuil, bien sûr !

— Le fauteuil dans lequel était assise la victime ?

— Les cadavres font aussi de bons épouvantails. Nous avons la quasi-certitude que la victime s'est d'abord écroulée sur le plancher. Nous comprenons maintenant pourquoi l'assassin a pris la peine de le traîner et de l'asseoir sur le fauteuil : pour détourner toute notre attention sur le cadavre et jouer de notre répugnance instinctive pour tout ce que la mort a touché. Mais avec moi, ça ne prend pas, l'argent est LÀ !

Il désigna du doigt l'autre fauteuil sans l'ombre d'une hésitation.

L'inspecteur n'eut pas besoin cette fois-ci du canif de Kanzaki : le dessous du fauteuil était déjà fendu. Il plongea son bras à l'intérieur et cria aussitôt :

— Je les ai !

Quatre grosses liasses de billets roulèrent sur le plancher.

12

Deux jours après, les résultats de l'analyse graphologique n'apportèrent aucune surprise : l'écriture de la lettre était bien celle qui figurait sur les documents d'achat de la Mercedes et de l'appartement. Murakoshi s'était donc effectivement enfui à Tokushima où il restait introuvable.

Pendant ces quarante-huit heures, les allées et venues des grands détectives plongèrent l'inspecteur Yoshimuta dans la plus grande perplexité.

Ellery Queen s'était fait conduire à la poste centrale par Mishima et était resté plus d'une heure à observer les employés manipuler le courrier. A son retour, il arborait son petit sourire moqueur et son œil pétillait derrière son monocle. L'inspecteur n'avait pas réussi à en savoir davantage.

Hercule Poirot, lui, était sorti tout seul dans Tôkyô, complètement emmitouflé jusqu'aux oreilles avec seulement ses belles petites moustaches redressées vers le ciel comme deux stalagmites. Il l'avait fait filer discrètement par un de ses hommes. Poirot s'était d'abord rendu à Akihabara, le quartier des grandes soldes du matériel électrique et électronique « made in Japan ». Il avait fureté un peu partout comme un touriste qui veut s'acheter un mini-poste à transistors, mais finalement n'avait rien acheté. Ensuite, il était allé dans les grands magasins de Ginza.

— Ça m'a fait un choc quand je l'ai vu se précipiter au rayon des sous-vêtements, expliqua le jeune inspecteur en faisant son rapport. Au début, il est resté à regarder les pyjamas d'hommes, puis il s'est plongé dans les sous-vêtements féminins. Il y est resté plus de deux heures ! Il n'a rien acheté non plus. Sur le chemin du retour, il avait l'air très content de sa journée et de lui-même !

L'attitude de Maigret avait été encore plus déconcertante. Il avait exprimé le désir soudain de visiter Tôkyô et avait demandé à Kanzaki de lui servir de guide. Ils étaient partis tôt le matin et étaient rentrés à la nuit tombante. « Je suis crevé ! » avait dit Kanzaki en souriant. Maigret lui avait infligé le grand circuit touristique classique : le temple Yasukuni, le palais impérial, le boulevard de Ginza, le gratte-ciel de Kasumigaseki… A leur retour, le commissaire n'avait pas la mine réjouie de Queen et de Poirot. Il semblait lui aussi épuisé par cette longue journée.

Akechi était resté tout le temps sans bouger à se reposer.

— Vos trois amis ont l'air bien occupés et vous, vous ne faites rien, monsieur Akechi ? s'inquiéta Yoshimuta.

Akechi se souleva légèrement du sofa sur lequel il était bien installé sans aller pourtant jusqu'à faire l'effort de se lever.

— C'est justement pour ça que je ne bouge pas.

— …

— Oui, j'ai un avantage sur eux puisque cette affaire se déroule au Japon… en les laissant tranquillement aller et venir au-dehors, je leur permets d'essayer de rattraper leur « handicap »… c'est plus « fair-play », non ?

— Alors vous comprenez pourquoi ils s'amusent à se balader comme ça dans Tôkyô ?

— Bien sûr, ils essaient de comprendre le Japon et les Japonais. Si le crime avait eu lieu dans leurs pays respectifs, ils n'auraient pas eu besoin de courir à droite et à gauche pendant deux jours.

— Je ne vois pas en quoi la contemplation de sous-vêtements féminins dans un grand magasin peut aider à la découverte du coupable ou à la compréhension du Japon ?

— En effet…

La petite lueur méchante des grands détectives s'alluma dans l'œil d'Akechi tandis qu'il dévisageait sans pitié son interlocuteur.

DÉFI AU LECTEUR
(Ce chapitre a été inséré à la demande de M. Ellery Queen)

« Depuis *The Roman Hat Mystery,* j'ai pris l'habitude de lancer un défi à la sagacité du lecteur. Je n'ai pas l'intention de renoncer à cette tradition sous prétexte que je suis actuellement au Japon. Le moment du "défi" est donc venu.

La plupart des amateurs de romans policiers ont tendance à rechercher le coupable intuitivement. Cela me semble particulièrement vrai du lecteur japonais qui préfère "sentir" les choses plutôt que les "analyser". On me permettra cependant de rester fidèle à mon goût pour la logique et d'attendre une conclusion rationnelle à cette mystérieuse affaire extrême-orientale. Le lecteur dispose maintenant de tous les éléments pour découvrir le "motif" de l'énigme et pour reconstruire le puzzle selon un schéma logique.

Je précise que ce que j'ai pu apprendre à la poste centrale de Tôkyô n'est pas particulier au service postal japonais.

Je suis sûr que les lecteurs japonais, et mes autres lecteurs dans le monde entier, sauront se montrer à la hauteur de cette affaire complexe et utiliseront brillamment toutes les ressources de la raison qui est "la chose du monde la mieux partagée". *Good luck !* »

ELLERY QUEEN

« Moi, Hercule Poirot, je vous dis tout net que je ne supporte pas ces “défis au lecteur” si typiquement américains. Sous les apparences du “fair-play”, ce n’est qu’un jeu truqué qui permet à l’enquêteur de se faire mousser auprès du public. Nous autres, Européens et Japonais, qui sommes des peuples de vieilles civilisations, possédons heureusement de solides traditions de modestie et de réserve. Je n’ai pas eu besoin de “défi au lecteur” pour réussir : qu’on ne compte pas sur moi pour participer à cette mascarade !

Ceci dit, M. Queen a raison quand il déclare que tous les éléments d’une solution rationnelle sont réunis. Moi aussi, je suis en mesure de résoudre l’énigme. »

HERCULE POIROT

« Je me sens vidé… Je n’ai pas particulièrement de goût pour les “défis au lecteur”, mais je n’ai pas envie non plus d’entrer dans une grande polémique, comme M. Poirot.

C’est toujours pareil : quand j’ai usé toute mon énergie pour traquer le gibier et que l’heure de la capture approche, je me sens complètement vidé… C’est plus fort que moi. A l’époque où je travaillais au quai des Orfèvres c’était pareil : je n’ai jamais pu m’habituer à l’idée même de “chasse à l’homme” et, au fond de moi-même, j’ai toujours ressenti une certaine mauvaise conscience à chaque dénouement. Quelle que soit l’horreur du crime, le criminel reste avant tout un être humain à mes yeux et l’expérience m’a appris que la plupart de ceux que l’on appelle glorieusement des “grands criminels” ne sont en réalité que les victimes de leur faiblesse. Mes supérieurs et mes collègues m'ont souvent reproché, autrefois, d'éprouver trop de sympathie pour les coupables, mais j'avoue que je n'ai jamais essayé de me corriger.

Je ne connais pas bien le Japon, mais j'ai eu l'impression que c'est un pays où les gens, comme en France, ont "du cœur". Je suis sûr que les lecteurs japonais comprendront ce que je ressens. »

MAIGRET

« Je n'ai rien à ajouter à ce qu'ont dit mes illustres collègues. Je crois que c'est une expérience passionnante pour les lecteurs japonais, et pour ceux des autres pays qui découvriront cette affaire en traduction que d'avoir la chance d'être ainsi confrontés aux styles, aux méthodes et à la personnalité de MM. Queen, Maigret et Poirot. Qu'ils aient accepté tous les trois de répondre à l'invitation de M. Sato me semble un signe très positif de l'intérêt que l'Occident porte aujourd'hui au Japon. Quand j'ai débuté, il y a une cinquantaine d'années, une telle collaboration internationale eût été inimaginable et c'est nous, les jeunes Japonais, qui étions fascinés par l'Occident.

Je voudrais seulement préciser un point de détail. M. Poirot a sans doute oublié qu'il avait eu recours, lui aussi, une fois, au "défi au lecteur"... C'était lors de *L'Affaire du bal de ta victoire* que son ami Hastings a qualifié de "cause célèbre". Comme quoi tout le monde, même M. Poirot, peut succomber une fois au charme tentateur du défi. »

KOGORO AKECHI

« Je suis tout à fait opposé à la publication de ce chapitre. Il s'agit d'un meurtre et je demande à ce que l'on en revienne à une méthode d'investigation plus sérieuse. »

SHINKICHI YOSHIMUTA
(Inspecteur divisionnaire de la police japonaise)

TOUT EST BIEN QUI FINIT… ?

1

Tout le monde se réunit, comme d'habitude, dans la chambre du crime. Comme d'habitude… à la petite différence près que l'on sentait approcher la cérémonie du dénouement. Sans doute était-ce pour cela que Maigret se tenait un petit peu à l'écart, avec son air bourru.

Sato était assis, très à l'aise, dans un fauteuil et regardait « ses » quatre grands détectives avec un petit sourire. On avait l'impression qu'il avait complètement oublié la perte de ses trois cents millions.

Kanzaki n'avait pas renoncé à ses lunettes de chanteur de blues aveugle : son visage n'exprimait rien, mais il était évident que tout son corps était crispé, raide, tendu.

Mishima faisait la tête. Il regardait ostensiblement le plafond avec un rictus autour de la bouche qui donnait à ses lèvres la forme d'un accent circonflexe. On lui avait retiré la responsabilité de la traduction : comme il était, lui aussi, un des “suspects”, ce serait Akechi qui traduirait aujourd'hui pour qu'il ne soit pas tenté d'arranger les choses à sa façon. Il n'avait pas l'air d'avoir apprécié.

Yuriko Kinjo, elle, marchait de long en large dans la pièce comme dans un défilé de mode avec des allures de vamp (ah, sa minijupe !). Quand l'inspecteur Yoshimuta lui demanda de se calmer, elle s'assit à même la moquette et alluma une cigarette américaine. Bluffait-elle du tout au tout ou bien, se sachant innocente, jouait-elle bêtement les décontractées ? Son numéro était si naïf et si gros qu'il était impossible de choisir l'une des deux hypothèses.

Voyant que même les quatre détectives s'observaient maintenant avec circonspection, l'inspecteur Yoshimuta se dit qu'il fallait faire quelque chose. Il se leva lentement.

— Si vous le permettez, c'est moi qui vais commencer…

Il jeta un petit coup d'œil circulaire sur l'assistance et poursuivit :

— M. Queen et ses amis nous ont affirmé qu'ils connaissaient le coupable… Moi aussi, aujourd'hui, je suis en mesure de le démasquer. Je vais donc maintenant procéder à la phase finale de mon enquête. Si vous n'êtes pas d'accord sur quelque point, je vous prie d'intervenir, fit-il avec emphase en se tournant vers Ellery Queen et « ses amis ».

L'atmosphère de la chambre 406 devint étonnamment calme.

Le silence était tel que l'inspecteur eut l'impression d'entendre une mouche voler, cela le mit en confiance.

— M. Akechi aime à dire qu'une enquête doit trouver son point de départ dans l'imagination, mais pour nous, les flics « tout terrain », confrontés à la réalité, l'imagination n'a pas sa place dans l'investigation criminelle. Pour moi, seuls les faits comptent ; je m'en tiendrai donc aux seuls faits et commencerai tout d'abord par la lettre envoyée par Murakoshi.

Il brandit la lettre en question.

— L'analyse graphologique a prouvé que l'écriture était bien celle de Murakoshi. C'est un fait, je l'accepte : la lettre et l'adresse sur l'enveloppe sont de la main de Murakoshi. En outre, le cachet de la poste de Tokushima est authentique. C'est un fait, je m'y soumets : la lettre a été postée à Tokushima par Murakoshi.

Yoshimuta s'arrêta un instant, guettant quelque réaction de Queen qui avait « levé un lièvre » à propos de la poste japonaise ou d'Akechi qui ne « croyait » pas à la fuite de Murakoshi à Tokushima. Rien ne vint. Tout le monde l'écoutait en silence.

— Voyons maintenant le contenu de la lettre. Nous y apprenons trois choses : premièrement que les millions ont été jetés au feu par erreur, ce qui est l'explication la plus plausible, personne, en tout cas, n'en ayant apporté de meilleure par la méthode de l'imagination. Deuxièmement, la lettre nous confirme l'emploi de la « doublure » que nous avions déjà découvert grâce, je le reconnais, à M. Queen. Troisièmement, les cinq millions que Murakoshi nous dit avoir offerts à Koji Watanabe correspondent exactement aux quatre millions du fauteuil et au million étalé sous Mlle Kinjo. Chaque point trouve sa confirmation dans des « faits » que nous avons pu établir par nous-mêmes, indépendamment de la lettre. Me pliant aux faits, j'en conclus que Murakoshi dit la vérité.

Toujours pas de réaction. Bien malin qui aurait pu dire ce qui se passait derrière les masques attentifs, mais impassibles des grands détectives… Yoshimuta enchaîna sans se démonter.

— Pour les mêmes raisons, je crois qu'il dit aussi la vérité lorsqu'il affirme qu'il n'a pas tué le prestidigitateur. On a tué le magicien par erreur, en pensant qu'il s'agissait de Murakoshi, pour s'emparer des trois cents millions. Or, vous seuls ici présents étiez au courant de l'argent dans le coffre et avez pu matériellement commettre le crime vers une heure cinquante du matin le 25 décembre dernier. Vous avez tous un mobile (même M. Sato voulant *in extremis* récupérer sa mise) et pas un seul alibi ! Je vous avoue que ce point m'a donné du fil à retordre…

Il se mit à toussoter légèrement afin de prendre la mesure de l'effet produit par son argumentation jusque-là imparable !

— Reste la question de la panne. Je n'arrive pas encore à croire qu'elle ait pu être accidentelle, sans pouvoir non plus « imaginer » quelque machination… Ne voulant pas m'engager dans de vaines spéculations, je me contenterai de regarder froidement les faits bruts. Que s'est-il passé pendant la panne ? Deux pétards ont explosé, ruse enfantine qui a quand même réussi à semer la confusion, et nous avons trouvé le corps inanimé de mademoiselle avec les billets épars sur le sol devant le vide-ordures. Procédant par élimination, je voudrais ici poser la question de savoir s'il est possible ou non d'éliminer l'hypothèse de Mlle Kinjo montant toute seule cette scène ?

— Bien sûr ! s'écria-t-elle d'une voix un peu rauque qui contrastait avec ses longues jambes. Je vous ai déjà dit que ce n'était pas moi !

— Eh bien ma réponse est « non » ! fit-il tout aussi catégorique. Rien ne me permet d'exclure l'hypothèse d'une habile mise en scène, il faut chercher ailleurs pour procéder à l'élimination successive des suspects et trouver par déduction l'identité du coupable. La solution nous est donnée par le lieu du crime. C'est une des règles élémentaire et inflexible de l'investigation policière de toujours repartir du lieu du crime. Le crime, je le rappelle, a eu lieu ici, le 25 décembre à une heure cinquante. Pourquoi l'assassin a-t-il choisi de tuer dans cette pièce ? Voilà la question que je me suis posée.

Sato haussa les épaules.

— Parce que Murakoshi, enfin sa doublure, était là, pardi !

L'inspecteur eut un petit sourire en coin.

— Est-ce que vous tueriez quelqu'un ICI, monsieur Sato !

— Moi ? Euh… Ici !

— Oui, ICI, dans une pièce truffée de micros ! Moi, si je devais tuer quelqu'un, je choisirais un endroit moins dangereux. ICI, la moindre parole enregistrée peut trahir le meurtrier à la façon d'une véritable bombe à retardement. N'importe quel être humain sensé réfléchirait à deux fois avant de prendre un tel risque. Je ne vois qu'une explication au risque énorme qu'a pris le coupable d'être ainsi démasqué : il ne savait pas que la pièce était sous un système d'écoute automatique ! Qui était au courant ? M. Sato, les grands détectives, Mishima et Kanzaki. Murakoshi ne le savait pas, mais il était déjà en fuite, Koji Watanabe ne le savait pas non plus, mais… c'est la victime ! Il ne reste plus qu'une seule personne qui ignorait la présence de micros, et cette personne est la coupable. Mademoiselle Kinjo…

2

— Vous plaisantez ou quoi ? fit la voix perçante de Yuriko.

Du coup, elle s'était levée. Son visage, tout autour de ses lèvres, se mit à trembler nerveusement.

— Je suis la victime ! Vous oubliez que c'est moi qui ai été attaquée… Vous êtes tombé sur la tête !

— Les trois cents millions vous tentaient, n'est-ce pas ?

— Je ne savais même pas qu'il y avait une telle somme dans le coffre.

— Vous pouvez prouver que vous ne le saviez pas ?

— Et vous, vous pouvez prouver que je le savais ?

L'interrogatoire s'engageait comme une partie de ping-pong quand Akechi intervint :

— Mon cher Yoshimuta, est-ce qu'il serait possible de nous laisser la parole un instant ?

— Pourquoi ? Les grands détectives ne sont pas d'accord avec les représentants de la loi ?

— Je n'en sais rien encore, chacun d'entre nous a travaillé selon sa méthode et nos conclusions ne coïncident peut-être pas, mais le moment me semble venu de confronter nos résultats…

— Bon, allez-y, vous avez la parole, fit l'inspecteur en se posant lourdement sur une chaise.

Il croisa les bras d'un air mécontent : à tous les coups, les grands détectives allaient chercher à lui mettre des bâtons dans les roues !

— Je vais commencer si vous le permettez, dit Ellery Queen. Pendant qu'Akechi traduisait, il alluma tranquillement sa pipe de bruyère qu'il tournait machinalement entre ses doigts depuis un moment. Il déposa ensuite soigneusement l'allumette brûlée dans la poche de son veston.

— Moi aussi, comme notre ami Yoshimuta, je vais partir de la lettre de Murakoshi. C'est un des documents les plus intéressants qu'il m'ait été donné de rencontrer au cours de ma longue carrière. Je veux dire qu'il a été fabriqué avec une habileté tout à fait extraordinaire.

— Une seconde, *mister Queen,* coupa l'inspecteur vous voulez dire que la lettre est un faux ?

La petite phrase doucereuse de Queen lui avait fait l'effet d'une paire de gifles reçue en public. Il était écarlate.

— Un faux remarquablement exécuté qui nous montre toute l'intelligence du coupable. C'est l'habileté du procédé qui est remarquable.

— Vous pouvez apporter la preuve que c'est un faux ?

— Tout d'abord, la lettre a été postée à Tôkyô.

— C'est tout à fait impossible, monsieur Queen, reprit Yoshimuta avec un petit sourire rassuré. Une lettre postée à Tôkyô porterait le cachet de Tôkyô, or, ne vous en déplaise, la lettre porte le cachet de Tokushima… Je vous ai déjà expliqué qu'au Japon, le cachet de la poste…

— … fait foi, enchaîna Ellery avec un sourire tout aussi assuré que celui de l'inspecteur, je sais, en Amérique aussi. Je suis allé observer la manipulation du courrier à la poste centrale de Tôkyô. J'ai remarqué qu'il y a un employé qui s'occupe spécialement des lettres adressées directement au bureau de poste. Ce sont souvent des lettres de réclamations ou des demandes de renseignements. Je suis sûr que les bureaux de poste de province reçoivent aussi ce genre de lettres. Je crois que Murakoshi a eu recours à ce procédé : il a écrit une lettre au bureau de poste de Tokushima dans laquelle il demandait à ouvrir un compte courant ou à utiliser le service de poste restante, enfin quelque chose d'anodin. Quand le préposé a ouvert l'enveloppe, il a trouvé, en plus, la lettre adressée au commissariat central de Tôkyô. Intrigué, il a dû demander l'avis de son supérieur qui a conclu à une étourderie de l'expéditeur. La lettre étant affranchie et le destinataire étant un organisme officiel, ils l'ont fait suivre. Que pouvaient-ils faire d'autre ? C'était risqué, mais cela a marché. Avant de poursuivre, j'aimerais que l'on téléphone à la poste de Tokushima pour vérifier : ils s'en souviennent peut-être. En tout cas, ils ont gardé la demande de renseignements dans leurs archives…

Yoshimuta fit un signe à Suzuki. Celui-ci passa dans la pièce à côté pour téléphoner. Si Ellery Queen avait raison, qu'est-ce que cela signifiait ? En quoi est-ce que cela changeait quelque chose à ses propres déductions ? La confiance qui se lisait sur le visage de l'Américain était insupportable !

En attendant la réponse de Tokushima, tout le monde se taisait. L'atmosphère était pesante. Depuis les accusations de l'inspecteur, le visage de Yuriko Kinjo était traversé de tics nerveux qu'elle n'arrivait pas à contrôler, Mishima et Kanzaki étaient crispés dans leur coin, seuls Sato et les grands détectives semblaient à peu près calmes.

Suzuki revint.

— Le responsable du bureau de poste se souvient très bien de la lettre. Il a pensé que c'était une erreur comme il en arrive souvent – il paraît que c'est incroyable le nombre d'étourderies que les gens peuvent commettre avec le courrier. La lettre était affranchie normalement et comme en plus elle était adressée au commissariat central de Tôkyô, cela pouvait être quelque chose d'important. Il l'a donc remise dans le courrier en partance le jour même.

Au fur et à mesure qu'Akechi traduisait, le visage d'Ellery s'épanouissait sans aucune trace de fausse modestie.

— Et qu'est-ce qui vous a fait penser que la lettre avait été envoyée de Tôkyô ? demanda Yoshimuta.

Ellery ralluma sa pipe.

— Il insistait un peu trop sur le fait qu'il était à Tokushima, c'est ce qui m'a mis la puce à l'oreille. En général, le coupable, que ce soit en Occident ou en Orient, cherche avant tout à dissimuler le lieu où il se cache. A ce moment-là, Murakoshi était encore suspecté à tort de meurtre, c'est psychologiquement parlant l'état le plus difficile à supporter pour un fugitif qui se sent traqué. Il n'avait aucune raison de donner autant d'indications précieuses aux enquêteurs, donc Tokushima était une fausse piste… Murakoshi était resté à Tôkyô où il est d'ailleurs bien plus facile de se cacher que dans une ville de province.

— Bon, la lettre a été envoyée de Tôkyô, grommela l'inspecteur, et qu'est-ce que cela change ?

— Cela change que le contenu de la lettre est faux également.

— Quoi ? Mais… l'argent dans le vide-ordures… la doublure… les cinq millions…

— Oui, bien sûr, l'argent a brûlé, le malheureux prestidigitateur a servi de doublure et nous avons retrouvé les cinq millions… c'est justement cette concordance de faits qui est remarquable. Une lettre remplie de mensonges est facile à détecter, tandis qu'en se dissimulant derrière la vérité, ou tout au moins une succession de faits vrais, l'assassin devient insaisissable et arrive même à tromper un policier aussi expérimenté que l'inspecteur Yoshimuta.

C'était dit sur un ton d'une grande douceur comme d'habitude, mais au fond du monocle brillait la petite lueur méchante… L'inspecteur blêmit.

— Quel était, alors, le but visé par la lettre ?

Ellery, comme pour atténuer l'ironie mordante qu'il ne pouvait maîtriser dans son regard, enleva son lorgnon et se mit à l'astiquer méticuleusement.

— Pourquoi accumuler des faits vrais, sinon pour y glisser un gros mensonge ? C'est très fort. Le mensonge drapé dans la vérité… tout le monde peut s'y laisser prendre. Pas moi qui en ai vu d'autres au cours de mes nombreuses enquêtes. Quand je vois trop de petits faits vrais un peu trop bien alignés, j'ai l'habitude de me demander ce que cela cache… Le coupable n'a pas eu de chance de tomber sur un vieux renard comme moi…

— Vous ne répondez pas à ma question !

— Il voulait tout simplement nous cacher le fait qu'il était resté à Tôkyô, bien sûr ! Pour nous faire croire qu'il était à Tokushima, il a accumulé des informations exactes, ou plutôt, exactement celles qu'il savait que nous pouvions vérifier par nous-mêmes. La vérité donnait à sa lettre un ton d'authenticité. Et si Murakoshi tenait tant à nous faire croire à sa fuite à Tokushima, c'est qu'il n'est pas seulement à Tôkyô, mais ici même. dans cet appartement !

3

— Dans cet appartement !

Instinctivement l'inspecteur Yoshimuta jeta un coup d'œil affolé tout autour de lui. Hercule Poirot éclata de rire.

— M. Queen fait exprès de faire durer le plaisir… Moi je vais être plus précis : Katsuhiko Murakoshi est ici dans cette pièce.

— Ici, parmi nous ?

Yoshimuta sentit tout tourner devant ses yeux. Les autres se regardèrent sans comprendre. Satisfait de son petit effet, Poirot laissa passer quelques secondes avant de poursuivre.

— Quelle belle affaire ! Comment cerner la personnalité de notre Katsuhiko Murakoshi ? Telle est la question à laquelle j'ai été « nécessairement » amené à réfléchir. Murakoshi, en effet, tient le premier rôle depuis le début : il est au centre de la reconstitution du premier vol comme « cobaye », c'est lui qui a jeté l'argent au feu et qui a proposé – pour son malheur – au prestidigitateur d'être sa « doublure ». Tout semble tourner inexorablement autour de lui, et pourtant, si nous y réfléchissons bien, que savons-nous de lui ? Pas grand-chose. A dire vrai, presque rien. A part Mlle Yuriko, personne n'était vraiment familier avec lui, les renseignements que nous possédons sur ses antécédents sont très vagues et, pour couronner le tout, il disparaît tout d'un coup sans laisser de traces !

— Il me semble que nous disposons quand même de renseignements assez précis, protesta Yoshimuta. Par exemple, nous connaissons son écriture et ses empreintes digitales : c'est d'ailleurs pour cela que j'ai conclu à l'authenticité de la lettre.

Poirot se contenta d'un petit sourire.

— Et où vous êtes-vous procuré ces informations ?

— Dans cette pièce, bien sûr : il y avait plein d'empreintes ! Pour son écriture nous avons les documents d'achat de l'appartement et un carnet retrouvé ici.

— C'est tout ?

— Comment cela ?

— Cela signifie que n'importe qui, sous le nom de Murakoshi, a pu acheter cet appartement et y tenir le rôle d'un « Murakoshi ».

— Mais nous savons aussi qu'il est originaire de Tokushima.

— Vous avez vérifié vous-même ?

— Euh… non, on me l'a dit… Quand j'ai commencé mon enquête, vous connaissiez tous Murakoshi bien mieux que moi… voyons… c'est M. Sato qui me l'a dit, n'est-ce pas ?

Poirot se tourna vers Sato.

— Monsieur Sato, vous connaissez très bien Murakoshi ?

Celui-ci perdit soudain sa belle assurance.

— Je me rends bien compte que ça a l'air bizarre, mais en fait, je ne sais pas grand-chose sur lui moi non plus. J'ai demandé à Kanzaki de me chercher un « cobaye » susceptible de refaire le vol des trois cents millions en lui donnant des indications générales. Quand il m'a dit avoir trouvé le « cobaye idéal », je me suis contenté de travailler sur son rapport qui me semblait très bon et je lui ai fait confiance. C'est lui qui m'a appris que Murakoshi était originaire de Tokushima. Je n'ai pas fait faire d'autre enquête.

Poirot se tourna alors vers Kanzaki.

— C'est donc vous qui connaissez bien notre ami Murakoshi, monsieur Kanzaki…

— Je vais dire comme M. Sato, ça a l'air bizarre, fit ce dernier avec un sourire embarrassé, mais… moi non plus je ne sais pas grand-chose sur Murakoshi. Je me suis adressé à un détective privé que je connaissais un petit peu. Chercher un « cobaye » pour se faire voler trois cents millions me semblait complètement stupide et ce n'était pas du tout dans mes cordes, mais, comme M. Sato payait très bien sans regarder à la dépense, je gagnais assez pour me tourner les pouces et faire travailler un spécialiste à ma place… C'est lui qui m'a trouvé Katsuhiko Murakoshi. D'après son rapport, il avait tout à fait le profil du type recherché par Sato, je n'ai plus eu qu'à présenter le « cobaye parfait » comme le fruit de mes longues recherches.

— Le nom de ce détective ! coupa l'inspecteur.

L'impatience du policier sembla amuser Kanzaki derrière ses lunettes noires.

— Otaburo. Il dirige une petite agence privée, mais il est actuellement en voyage en Asie du Sud-Est.

Yoshimuta fit la grimace.

— Ce qui veut dire que tant qu'il ne sera pas rentré, nous n'aurons pas de renseignements plus précis…

— Ce ne sera pas la peine d'attendre, lui dit Poirot très gentiment.

— Pourquoi ?

— Tout simplement parce que M. Kanzaki nous ment.

— Parce que je mens ! s'indigna Kanzaki qui était devenu écarlate.

— Bien sûr, fit Poirot avec un grand sourire.

— Vous n'avez qu'à vérifier. L'agence Otaburo existe et il est actuellement en voyage. On verra bien si je mens !

— Oh ! je suis bien certain que tout cela est bien vrai, mais je ne peux pas m'empêcher de penser que vous mentez.

— Pourquoi ?

— Pendant toute cette affaire, vous avez fait un détective hors pair lorsque vous étiez chargé de la surveillance de Murakoshi. De même, votre travail lors de la préparation et du repérage du « deuxième vol » à Fuchu. Et quelle confiance vous aviez en vous ! Je me souviens encore du ton de vos explications : pas l'ombre d'une hésitation, pas le moindre complexe… Vous étiez un enquêteur parfait accomplissant un parcours sans faute. Même moi, Hercule Poirot, je n'aurais pas pu faire mieux ! Alors quand je vous vois maintenant, embarrassé, nous expliquer que vous avez laissé à un autre le choix du cobaye, je ne vous crois pas. Quand on est aussi fort que vous, on ne confie pas une tâche si délicate et si importante à un détective privé « que l'on connaît un peu ». Voilà pourquoi je suis persuadé que vous mentez.

— Cela ne fait pas une preuve !

— C'est exact. Je vais donc maintenant vous apporter la preuve de ce que j'avance.

— Je suis curieux de voir ça, fit Kanzaki sur un ton de défi.

Poirot toussota plusieurs fois.

— J'ai commencé à m'intéresser à M. Kanzaki quand je l'ai vu si habile à surveiller Murakoshi. Par exemple, il n'a jamais perdu sa trace lors d'une filature et trouvait même le moyen de nous tenir au courant de ses allées et venues en nous téléphonant de temps en temps. Il ne s'agissait pas d'une filature ordinaire mais de celle d'un homme qui a volé trois cents millions de yens… Comment a-t-il pu ne pas se faire repérer par Murakoshi qui prenait tant de précautions et qui devait sans cesse épier tout autour de lui quand il marchait dans la rue. Cela relève du miracle, et Hercule Poirot ne croit pas aux miracles ! Autre chose : vous vous souvenez de nos « pronostics » sur les réactions de Murakoshi juste après le vol… Nous avons mis tous les quatre dans le mille ! C'était certes très flatteur pour notre amour-propre de grands détectives, mais pour moi, en mon for intérieur, c'était trop beau pour être vrai. Il s'agissait plutôt d'endormir notre vigilance en nous offrant des lauriers trop faciles. J'imagine que MM. Maigret, Akechi et même M. Queen ont dû avoir le même soupçon que moi. En tout cas, il n'y a qu'une réponse à toutes ces questions en suspens : M. Kanzaki et Katsuhiko Murakoshi ne sont qu'une seule et même personne !

4

— C'est complètement ridicule ! fit Kanzaki d'un ton méprisant.

Hercule Poirot continua sans se troubler.

— Nous étions tous d'accord pour dire que Kanzaki et Murakoshi ne devaient plus se rencontrer après le vol près de la prison de Fuchu ; c'est pourquoi nous n'avons pas trouvé étrange de ne jamais les voir ensemble. Et tout particulièrement depuis que nous nous sommes installés au *New Shibuya,* il était tout à fait conforme aux règles de prudence les plus élémentaires que Kanzaki reste presque sans arrêt enfermé dans sa chambre, ce qui lui donnait tout le temps pour jouer le rôle de Murakoshi. Quand M. Sato nous a dit que son ami avait des talents d'acteur, il ne croyait pas si bien dire !

— Excusez-moi, fit Mishima qui jusque-là était resté silencieux, si Kanzaki a joué le rôle de Murakoshi, je peux, à la limite, admettre que nous nous y soyons laissés prendre… Après tout, nous ne les connaissons pratiquement pas, ni l'un ni l'autre… Par contre, j'ai vraiment du mal à imaginer qu'il ait pu tromper Mlle Kinjo…

— Au contraire, c'était elle la plus facile à tromper : elle ne connaissait même pas l'existence de Kanzaki ! Elle n'avait donc pas la possibilité de comparer. Je me trompe, monsieur Mishima ?

— Mais souvenez-vous du réveillon juste avant le crime. Au moment où Kanzaki était dans le hall en bas, moi j'ai distinctement entendu Murakoshi et Yuriko qui…

— Avec les petits magnétophones d'aujourd'hui on fait des merveilles.

— Yuriko au moins était dans la chambre, c'est sûr… alors un petit magnétophone en marche à l'intention des micros, en sa présence ?

— Moi, je peux répondre à cette question, fit Maigret. Il est exact que M. Kanzaki est resté longtemps en bas ce jour-là, mais pensez à la tête de Mlle Kinjo quand elle est redescendue beaucoup plus tard : elle était toute pâle et tombait de sommeil.

— C'est vrai, cria Yuriko, je me suis même endormie sur le sofa !

Maigret hocha la tête.

— Elle était encore sous l'effet du somnifère qu'on avait dû lui faire boire dans l'après-midi. Si elle ne s'est aperçue ni de la disparition de « Murakoshi » le temps que Kanzaki était en bas, ni du magnétophone qui faisait croire à Mishima que le jeune couple était très « occupé », c'est qu'elle était profondément endormie. Je vais être plus précis : je crois que l'on a attendu qu'elle soit endormie pour mettre le magnétophone en marche et sortir discrètement. Pour moi aussi, MM. Kanzaki et Murakoshi ne font qu'un. Ma méthode est moins logique que celle de M. Poirot, mais je suis arrivé à la même conclusion. J'avais de vagues soupçons, mais je ne pouvais tout de même pas lui enlever ses lunettes noires ou tirer sur sa barbe… alors, je lui ai demandé de me faire visiter Tôkyô. Pour nous, les Occidentaux, tous les Asiatiques se ressemblent, c'est pourquoi, plutôt que de porter mon attention sur le visage – celui de Murakoshi ne m'étant pas assez familier – j'ai préféré observer la démarche de M. Kanzaki. Il y a des détails qui ne trompent pas : le balancement des épaules, une jambe qui traîne un peu, les pieds légèrement en dedans ou en dehors… Pendant toute notre promenade dans Tôkyô, je revoyais mentalement le petit film en super 8 que nous avait présenté M. Sato. A notre retour, je savais que Katsuhiko Murakoshi n'existait pas.

5

L'inspecteur Yoshimuta eut un nouveau petit choc au cœur : c'était donc pour cela que Maigret avait joué les touristes en plein milieu de l'enquête ! Il n'en était pas pour autant convaincu.

— Et pourquoi M. Kanzaki se serait-il livré à cette supercherie ?

— Pour l'argent, bien sûr, affirma Poirot. Quand M. Sato lui a parlé de cette extravagante expérience du « vol des trois cents millions », il a tout de suite vu le parti qu'il pourrait en tirer. S'emparer de l'argent et sans doute aussi se venger de toutes les petites humiliations que M. Sato lui faisait subir « en ami ». Tout en faisant semblant de lui obéir aveuglément, il a créé de toutes pièces le personnage de Murakoshi.

— Dans ce cas-là, pourquoi le meurtre de Koji Watanabe ?

— Il savait très bien qu'il ne pourrait pas tenir les deux rôles très longtemps. C'était trop dangereux : il fallait donc que Murakoshi disparaisse. La meilleure solution était de faire croire qu'il s'était enfui avec l'argent.

— Ce n'est pas la solution qu'il a choisie !

— Parce qu'il n'a pas pu ! Premièrement, c'est justement lui qui était chargé de la surveillance de Murakoshi… Il aurait fallu expliquer en détail dans quelles circonstances il avait perdu sa trace… il devenait ainsi le principal témoin. Ensuite, nous étions là tous les quatre, avec notre réputation de grands détectives : il se doutait bien que nous n'accepterions pas si facilement que l'argent et le voleur se volatilisent sous nos yeux… Il a choisi de compliquer la situation en dotant son fantôme d'une « doublure » bien réelle et en y ajoutant un meurtre.

— Mais nous avons pratiquement tout de suite découvert la substitution et l'identité réelle du cadavre.

— C'était prévu, monsieur Yoshimuta ! C'est pour cela qu'il a envoyé cette lettre à la police : son piège était à double et même triple fond. Avec cette lettre, il était à peu près certain que lors d'une enquête méthodique par élimination de tous les suspects, les soupçons de la police se porteraient sur Yuriko Kinjo. Cela a failli marcher puisque vous avez conclu à sa culpabilité.

— Et l'enregistrement ?

Poirot eut un petit sourire miséricordieux.

— Ah ! la fameuse bande enregistrée à l'heure du crime… Elle ne signifie rien du tout.

— Comment ça, rien du tout ?

— C'est évident : à part Mlle Kinjo, nous savions tous que la pièce était truffée de micros, il n'y avait donc pratiquement aucune chance pour que l'assassin ait laissé quelque trace sonore permettant de l'identifier. D'ailleurs, dès le début, vous vous en souvenez, nous n'avons accordé aucun intérêt à cet enregistrement.

— Le crime a pourtant bien été enregistré. Vous ne pouvez pas ne pas en tenir compte.

— C'est encore un trucage : le magnétophone de M. Sato n'a fait qu'enregistrer un autre enregistrement préparé à l'avance sur un petit magnétophone installé près de ses micros. Et seul « Murakoshi », ou celui qui jouait ce personnage, a pu tout préparer puisque c'est sa voix que l'on entend. Ce point devrait suffire à disculper Mlle Kinjo.

— Vous avez trouvé un magnétophone dans la pièce à côté du cadavre ? C'est nouveau…

— Non.

— Donc tout votre raisonnement est faux et votre bel échafaudage s'écroule, monsieur Poirot !

— Vous n'avez pas oublié, monsieur Yoshimuta, que j'avais été intrigué par la place d'un des deux fauteuils dans un coin de la pièce : il servait à dissimuler le magnétophone.

— Un magnétophone que vous n'avez pas trouvé !

— Dans l'affolement général, le coupable a remis le fauteuil à sa place et en a profité pour faire disparaître l'appareil.

— Et sortir de la pièce avec un magnétophone sous le bras sans que personne ne s'en aperçoive !

— Bonne objection, monsieur l'inspecteur, qui m'a obligé à perdre une journée à fureter dans Akihabara et à passer en revue les pyjamas et les chemises de nuit de Ginza. Hercule Poirot n'a pas de passion particulière pour les sous-vêtements ni féminins ni masculins ! Quand nous avons découvert le corps, il était près de trois heures du matin et tout le monde était en pyjama ou en robe de chambre. J'ai trouvé plusieurs petits modèles de magnétophone « made in Japan » du format d'une carte postale qui tiennent facilement dans une poche de pyjama comme ceux que porte M. Kanzaki. On n'arrête pas le progrès…

6

— On étouffe ! fit remarquer Sato. Nous pourrions peut-être faire une petite pause. Je n'arrive pas à croire que Kanzaki ait pu imaginer un truc aussi insensé.

— Je suis d'accord avec vous, approuva Akechi, reposons-nous une minute. D'autant plus que M. Kanzaki a certainement des remarques à faire.

— Et comment !

Kanzaki avait élevé la voix en regardant Poirot dans les yeux.

— J'ai la gorge toute sèche, dit Yuriko Kinjo, il y a du coca dans le frigidaire. Qui en veut ?

Elle se leva, mais l'inspecteur Yoshimuta l'arrêta d'un geste.

— Laissez, j'y vais.

A ses yeux, elle était toujours suspecte et l'on ne prenait jamais assez de précautions avec les suspects : il suffisait qu'elle mette un bon petit poison dans le coca-cola pour que les ennuis recommencent !

Il y avait plusieurs rangées de bouteilles de coca dans le frigidaire. Il n'y avait même que cela. Poirot et Maigret auraient préféré une bière, tant pis ils devraient s'en contenter. Comme il n'y avait pas assez de verres, il fit passer directement une petite bouteille à chacun. Seul Kanzaki refusa catégoriquement d'en prendre.

— Je ne supporte pas le coca, ça me rend malade.

Yoshimuta regarda encore une fois machinalement dans le frigidaire : tout au fond il y avait une petite bouteille de jus de fruits. Il la tendit à Kanzaki. L'inspecteur non plus n'aimait pas beaucoup le coca-cola, il en but la moitié et reposa sa bouteille : il vit alors Kanzaki sortir de sa poche deux comprimés blancs… Il poussa un cri, mais avant qu'il ait eu le temps de faire un geste, Kanzaki avait avalé les comprimés avec son jus de fruits. Instantanément le silence se fit dans la pièce. Voyant tous les regards tournés vers lui, Kanzaki ricana :

— Rassurez-vous, ce n'est pas du poison, c'est un petit tranquillisant !

Son rire se changea aussitôt en un rictus de souffrance, ses lunettes noires tombèrent, Yuriko Kinjo hurla. Il resta quelques instants à vaciller sur son fauteuil avant de rouler par terre, entraînant avec lui la bouteille de jus de fruits qui se fracassa sur le sol. L'inspecteur se précipita mais il était clair que Kanzaki était mort instantanément.

— C'est sans doute de l'acide prussique, fit la voix d'Akechi derrière lui.

— Ça m'en a tout l'air.

L'inspecteur se pencha sur le corps et fouilla dans les poches de la veste. Il en sortit un petit flacon à médicaments… vide. Cela ne faciliterait pas l'enquête. Il le tendit quand même à Suzuki avec les débris de la bouteille en lui demandant de les envoyer au laboratoire. Il se tourna vers Akechi.

— Vous pensez que c'est un suicide ?

— On dirait bien… il avait juste la bonne dose sur lui comme s'il avait tout prévu… sans doute savait-il que nous allions le démasquer aujourd'hui.

— Oui, mais de là à se promener avec des comprimés d'acide prussique dans la poche !

— C'est bien dans son caractère : pensez aux deux pétards pendant la panne : quelle que soit l'origine de la coupure de courant, Kanzaki, puisque c'est lui le coupable, se trimbalait avec les deux pétards dans sa poche, ce qui implique un haut degré de préméditation. Des comprimés d'acide prussique sous la main « pour le cas où »… c'est tout à fait son genre.

Akechi avança la main vers le visage de Kanzaki et tira doucement sur sa barbe. Celle-ci se décolla lentement, laissant apparaître le visage d'un autre homme.

— Katsuhiko ! murmura Yuriko.

— Ce n'est plus la peine de vérifier les empreintes digitales, fit Yoshimuta en s'adressant aux grands détectives. Vous êtes tous d'accord avec la thèse du suicide !

— Oui, répondit Ellery Queen, à nous quatre nous avons exercé sur lui une trop grande pression psychologique pour l'obliger à se démasquer. Ce qui m'étonne un peu, c'est l'emploi du poison chez un Japonais ; dans le *Mystère de l'éventail japonais,* le coupable s'était fait hara-kiri et la femme s'était tranché la gorge.

En entendant Ellery Queen évoquer ses vieux souvenirs, les Japonais ne purent s'empêcher de sourire : non seulement le mot « hara-kiri » ne se dit pas en japonais, mais l'acte lui-même est depuis longtemps rangé au magasin des accessoires pour touristes…

— Finalement, c'est mieux ainsi, fit Maigret en soupirant, cela nous épargne tout le cirque de l'arrestation… mais je n'étais pas venu au Japon pour cela…

Il regarda tristement le cadavre de Kanzaki et alluma sa pipe.

Poirot haussa les épaules sans rien dire. Lui aussi était plutôt soulagé par le suicide de Kanzaki. Depuis toujours, il était persuadé qu'il fallait laisser au coupable le choix d'une sortie honorable : Kanzaki avait choisi.

Celui-ci était toujours étendu par terre : les effets du poison commençaient à apparaître sur le visage qui prenait une jolie teinte rose.

« Quel gâchis ! pensa l'inspecteur Yoshimuta. Il avait tué, brûlé les trois cents millions, mené la grande vie pendant quelques jours et se retrouvait là en train de raidir. Résultat : zéro. »

— L'imbécile ! ne put-il s'empêcher de remarquer en guise de conclusion. Se donner tant de mal pour finir par jeter les millions au feu !

— Ce sont toujours les plans les plus soigneusement préparés qui échouent à cause d'une bêtise... c'est d'ailleurs ce qui nous permet d'arrêter la plupart des criminels, fit Poirot avec un sourire.

— Oui, mais je trouve quand même trop bête de ne pas s'être aperçu qu'il y avait un incinérateur à l'arrivée du vide-ordures.

— Et vous, monsieur Yoshimuta, vous y aviez pensé ?

— Moi, ce n'est pas pareil, je venais d'arriver !

— Kanzaki aussi ! N'est-ce pas, monsieur Sato, quel genre de vie menait-il quand vous vous êtes rencontrés ?

— Plutôt minable : un acteur raté sans travail. C'est d'ailleurs pour cela que je l'avais choisi : je pensais qu'il me serait reconnaissant de l'avoir sorti de la misère. Ah ! on peut dire qu'il m'a bien récompensé !

— Où habitait-il ?

— Je vois où vous voulez en venir : non bien sûr, il n'y avait pas de vide-ordures automatique dans son immeuble miteux, et encore moins d'incinérateur ! Finalement, il n'a jamais eu de chance dans la vie... J'aurais dû me douter qu'il se laisserait tenter par l'argent au lieu de lui faire confiance.

Il était difficile de savoir ce que Sato regrettait le plus : son amitié avec Kanzaki ou son argent. Poirot se tourna à nouveau vers l'inspecteur.

— Vous voyez, il ne pouvait pas deviner lui non plus qu'il y avait un incinérateur à l'arrivée du vide-ordures et quand il s'est aperçu de son erreur, il a essayé de l'utiliser pour faire accuser Mlle Kinjo, ce qui n'était pas bête…

Le *New Shibuya* était maintenant rempli de policiers. On emporta le corps de Kanzaki sur une civière. L'atmosphère de la chambre 406 se détendit un peu.

L'inspecteur Yoshimuta poussa un soupir.

— C'est vraiment terminé cette fois-ci ? demanda-t-il.

— J'en ai bien l'impression, répondit Akechi avant de traduire.

Les quatre grands détectives ne cherchaient même plus à dissimuler la fatigue de ces dures journées… Le poids des ans se lisait sur leurs visages : ils étaient complètement épuisés.

— Si nous allions prendre un verre en bas ? proposa Sato. Après tout, tout est fini…

LA LETTRE DES « VIEUX DÉTECTIVES »

Cher monsieur Sato,

Nous sommes désolés de devoir vous écrire cette lettre juste avant notre départ du Japon.

Nous pensions avoir mis un point final à notre enquête l'autre jour, mais, à dire la vérité, il restait un petit détail qui nous chiffonnait. Il ne s'agissait pas d'un détail matériel, mais simplement d'une vague interrogation à propos de votre caractère.

Certes, il peut apparaître étrange qu'un homme gaspille sa fortune personnelle pour créer un « événement » national, mais ce n'est pas cela qui nous a gênés. Après tout, on trouve ce genre de millionnaire excentrique en Amérique, alors pourquoi pas aussi au Japon... Non, ce qui nous a semblé bizarre, c'est la raison pour laquelle vous nous avez expliqué avoir engagé vos trois cents millions dans l'affaire : l'impôt sur les grosses fortunes. A première vue, cela semblait effectivement tout à fait plausible (perdu pour perdu, autant perdre son argent en s'amusant), mais vos réactions nous ont semblé contredire vos explications.

Tout d'abord, l'attitude de fureur noire que vous avez prise quand nous avons découvert que les millions avaient été réduits en cendres. Ensuite, ce souci de la part que prendra l'Etat sur votre patrimoine à votre mort, alors que vous êtes en excellente santé et espérez selon vos propres paroles : « tenir encore une vingtaine d'années ». Il y avait là quelque chose qui ne collait pas. Nous avons failli quitter le Japon sans pouvoir résoudre ce petit problème et il s'en est fallu d'un rien que vous ne receviez jamais cette lettre. Heureusement – ou malheureusement – tout s'est éclairci aujourd'hui même.

M. Akechi a eu la bonne idée d'aller consulter les archives des journaux et il a trouvé un article très intéressant qu'il nous a tout de suite apporté et traduit (nous tenons ici à souligner son « fair-play » et son sens de l'amitié dignes d'un véritable descendant des samouraïs). L'article concerne une affaire qui remonte à plusieurs mois. La Banque du Japon a procédé au renouvellement de plus de quatre milliards de billets usagés collectés par l'intermédiaire des différents organes financiers du pays, et elle s'est adressée à une papeterie industrielle pour la destruction des tonnes de papier-monnaie qu'elle voulait retirer de la circulation. Au moment de tout passer au pilon, on s'est aperçu que plusieurs dizaines de millions avaient disparu... Vol complètement stupide, s'étaient empressés de déclarer les responsables de la Banque du Japon, car les billets avaient au préalable été rendus inutilisables : toutes les liasses avaient été perforées de trous de un centimètre de diamètre. Comme par hasard, la papeterie en question était la « Izaki Corporation » où est employé M. Sakanichi, le responsable de la panne de courant.

Comme par hasard ? Non, bien sûr, cher monsieur Sato, vous aviez très soigneusement préparé votre coup depuis plusieurs mois ! Nous connaissons des billets de banque « inutilisables » qui font de très jolis tas de cendres…

Votre vraie raison, ou plutôt votre vrai « mobile », ce ne sont pas les droits de succession sur les grosses fortunes, mais tout simplement les impôts sur le revenu de l'année prochaine. Si vous pouviez prouver la perte d'une somme très importante, vos impôts pourraient diminuer d'une somme à peu près équivalente… C'est alors que vous avez pensé au « vol des trois cents millions » que personne n'avait encore résolu.

Vous avez obtenu de Sakanichi qu'il vous remette trois cents millions sur les immenses stocks que son usine devait détruire. Les billets étant inutilisables, il a pensé qu'il ne prenait pas un trop gros risque. Nous ne savons pas combien vous lui avez offert en récompense de ce petit service, mais nous pouvons imaginer qu'il a été très content avec ce bel appartement dans votre résidence du New Shibuya.

Ensuite vous avez fait appel à nous, non pas, évidemment, pour nous faire découvrir l'auteur du célèbre vol, mais pour que nous puissions témoigner que vos millions avaient bien été réduits en cendres ! Nous avons marché : même les spécialistes de la Banque du Japon n'ont pu que constater que le tas de cendres informes était les restes de billets authentiques. L'année prochaine vous aurez droit à un abattement formidable sur votre déclaration de revenus !

Nous en venons maintenant à un autre aspect de votre remarquable plan. Nous formions, certes, les meilleurs témoins du monde, mais il y avait un gros risque : la possibilité que nous découvrions le « pot aux roses » – tant pis pour notre modestie – était assez forte. Pour parer à cette désagréable éventualité, vous avez eu du génie, cher monsieur Sato ! Vous avez senti notre unique point faible, celui qui nous touche tous les quatre et que nous partageons bien malgré nous… à savoir le fait que nous sommes bien âgés maintenant ! Comme tous les vieillards nous n'échappons pas au charme et à la tentation de la nostalgie ; vous avez su jouer admirablement de cette corde sensible auprès de chacun d'entre nous.

Dès le début en amenant souvent la conversation sur des affaires célèbres que nous avions résolues avec succès autrefois. Ce n'était qu'un prélude. Le soir du réveillon de Noël, vos petits cadeaux avaient été choisis soigneusement pour évoquer une période glorieuse de nos différentes carrières. Le modèle réduit pour Ellery Queen, le magnétophone pour Hercule Poirot, le briquet à amadou pour Maigret et le vin pour Akechi… autant d'attentions délicates qui montraient que vous étiez (que vous êtes) un fin lecteur de toutes nos aventures. Le crime et la destruction des billets ont eu lieu au moment où vous nous aviez replongés dans nos meilleurs souvenirs. Nous avons été les jouets d'une nostalgie dont vous tiriez les ficelles !

Tout d'abord la disparition du chapeau haut-de-forme. Il se trouve – comme par hasard – que dans le Mystère du théâtre romain, *la disparition d'un chapeau haut-de-forme était aussi au cœur de l'énigme. Dans notre affaire, il devient évident que le détail tout à fait anodin, et même ridicule, de la taille du chapeau trop grand ou trop petit pour la tête de la victime, n'a plus aucune importance : le chapeau a été jeté dans l'incinérateur pour appâter Ellery Queen et le plonger dans ses souvenirs datant d'il y a quarante ans.*

De même le fauteuil légèrement déplacé et le corps de la victime poignardé dans le dos installé sur l'autre fauteuil ne sont que des réminiscences très fidèles du Meurtre de Roger Ackroyd. *Ces deux indices ne devaient pas tant permettre à M. Akechi de « découvrir » les quatre millions que d'éveiller en M. Poirot le sentiment trompeur du « temps retrouvé ».*

D'ailleurs si les quatre millions se trouvaient dans le fauteuil, n'était-ce pas tout simplement parce que M. Akechi, lors de ses nombreuses enquêtes, a eu l'occasion de retrouver maintes fois des sommes volées à l'intérieur de meubles truqués ?

Pour couronner le tout, le fait même que les trois cents millions aient été jetés au feu venait renforcer les convictions de M. Maigret. Celui-ci cherche toujours le mobile du crime dans la psychologie profonde du coupable plutôt que dans le simple appât du gain : la psychologie du meurtrier capable de détruire son butin devenait aussi complexe que celle du jeune Radek !

C'est ainsi que nous avons avancé pas à pas, mais à reculons, vers la vérité que vous nous aviez préparée. L'agilité d'esprit s'émousse avec l'âge, c'est naturel... Comme nous étions heureux à chaque fois que vous nous avez donné l'occasion de prouver que nous n'avions rien perdu de notre redoutable efficacité et que tous nos dons étaient intacts !

Vous connaissez bien la nature humaine, monsieur Sato, et croyez bien que cette lettre est aussi un hommage sincère que nous vous rendons.

Tout le reste n'est que des détails qui s'éclaircissent d'eux-mêmes.

Yuriko Kinjo, qui a eu tout à l'heure la gentillesse de nous apporter un magnifique bouquet de fleurs pour nous dire au revoir, s'est étonnée qu'il y ait eu une bouteille de jus de fruits dans le frigidaire. « Murakoshi » et elle ne buvaient que du coca-cola. Que venait donc faire cette mystérieuse petite bouteille de jus de fruits ?

Très simple. Vous aviez tout prévu, jusqu'à la grande scène où votre complice, Goro Kanzaki, serait inévitablement démasqué. Vous avez proposé une pause au moment précis où ce dernier pensait pouvoir encore s'en tirer ou tout au moins gagner du temps pour s'enfuir. En mettant une bouteille de jus de fruits empoisonnée dans le frigidaire, vous étiez sûr qu'elle arriverait entre ses mains. « Murakoshi » ne buvant que du coca-cola, il essaierait jusqu'au bout de se démarquer du personnage... Il s'est, en effet, précipité sur la bouteille de jus de fruits qui l'aidait en même temps à reprendre une certaine contenance. Encore un très joli piège psychologique, cher monsieur Sato !

Les comprimés qu'il a avalés n'étaient que d'inoffensifs tranquillisants : il avait bien besoin de se calmer avant l'épreuve de force qui l'attendait et n'avait aucune intention de se suicider. Ceux qui abusent de ce genre de médicaments ont souvent l'habitude, un petit peu comme les grands fumeurs, de ne mettre qu'une dose dans leur poche pour réduire leur consommation. Peut-être est-ce pour cela que le flacon était vide... ou peut-être le hasard ?... De toute façon, il lui suffisait de boire la moitié de votre jus de fruits pour mourir...

Quant à la panne de courant « accidentelle », vous avez certainement trouvé un moyen de donner le signal à Sakanichi dont le bel appartement se trouve juste au-dessus du vôtre. Par exemple en tirant sur une corde qui pend à la fenêtre : pour prendre certaines photos osées, les cordes font partie de la panoplie des accessoires classiques.

Vous êtes très fort, monsieur Sato, mais malheureusement, vous avez eu recours au meurtre pour essayer de « gagner » vos trois cents millions. Est-ce vous qui avez tué Koji Watanabe ou bien avez-vous fait faire ce sale travail par Kanzaki ? Nous n'en savons rien. Vous êtes déjà au moins responsable directement de la mort de votre « ami » l'acteur raté qui a si bien joué le rôle du cobaye « Murakoshi ». Votre plan était digne d'un grand artiste, mais vous avez choisi de n'être qu'un assassin. C'est dommage.

Nous envoyons une lettre identique à l'inspecteur Yoshimuta, et quand vous aurez fini de lire cette page, soyez sûr qu'il sera derrière votre porte, avec ses collègues, à vous attendre.

Bonne chance, cher monsieur Sato, et sayonara…

Vos « vieux » amis,
LES GRANDS DÉTECTIVES

Achevé d'imprimer
sur les presses
de l'Imprimerie France Quercy
46090 Mercuès

Dépôt légal : mai 1997
N° d'impression : 10438E